KB062391

로크미디어가
유혹하는
재미있는 세상

ROK
MEDIA
로크미디어

요현궁의 주인

운현궁의 주인 10

2018년 6월 26일 초판 1쇄 인쇄
2018년 6월 29일 초판 1쇄 발행

지은이 화명
발행인 이종주

기획 팀 이기헌 왕소현 박경무 이승제
책임 편집 이정규

발행처 (주)로크미디어
출판등록 2003년 3월 24일
주소 서울시 마포구 성암로 330 DMC첨단산업센터 3층 314호
Tel (02)3273-5135 **Fax** (02)3273-5134
홈페이지 rokmedia.com **E-mail** rokmedia@empas.com

ⓒ 화명, 2015

값 8,000원

ISBN 979-11-294-7804-7 (10권)
ISBN 979-11-255-9830-5 04810 (세트)

| 화명 장편소설 |

운현궁의 주인

10

로크미디어

차 례

1장

　-우리는 대한제국을 만들었던 광무제 선황 폐하의 뜻과 지금으로부터 23년 전 2천만 대한 동포의 뜻이 모여 일어난 기미독립운동의 자주독립 정신을 이어받은 대한민국임시정부의 뜻을 합쳐 만든 대한국재건위원회입니다. 3천만 동포 여러분, 지금 우리나라는 꽃을 피워 보기도 전에 절체절명의 위기에 처해 있습니다. 아직 남북으로는 왜적이 우리 동포를 핍박하기 위해 이빨을 드러내고 있으며, 섬에 있는 왜왕倭王과 왜적은 우리 한반도를 자신에 땅이라 우기며, 우리 위원회를 인정조차 하지 않고 있습니다. 그런 지금 우리 한반도 내에는 아직 위원회의 치안대가 설립되지 못한 지역에서 자신의 사리사욕을 채우거나, 복수를 위해 불법적인 활동을 하는 이들이 있습니다. 멈춰 주십

시오. 우리 위원회는 우리나라를 강탈했던 왜적과 그 앞잡이들에게 결단코 죄를 물을 것입니다. 이미 서울을 중심으로 한 각 지역의 치안대는 민족 반역자와 우리의 피를 빨아먹은 왜적을 합법적 근거로 체포하고 있습니다. 3천만 동포께서 우리에게 힘을 실어 주시면 우리가 꼭! 그들의 죄를 물을 것입니다. 다시 한 번 당부드립니다. 3천만 동포 여러분…….

내가 녹음한 내용이 라디오를 통해 나오고 있었다.

긴급 방송이었고, 오전 8시, 오후 1시, 저녁 5시 하루 세 번 라디오에서 내 목소리가 나왔다.

경성을 점령한 이후 라디오는 긴급 호외를 전하는 데만 사용했었는데, 내 의견과 위원 회의에서 의결된 내용을 바탕으로 하루 세 차례는 내가 녹음한 내용이 라디오를 통해 나왔다.

또한 그사이에는 제국익문사에서 이관되어 위원장 직속에 만들어진 공보부에서 발간하는 위원회 사보를 라디오 방송으로 읽어 주고, 대한국민의 사기를 올리기 위해 군산 탈환 성공과 같은, 공표해도 이후 정세에 영향을 주지 않는 시점에서 작전 결과도 방송했다.

"방송과 사보의 효과가 좋은 것 같습니다, 전하."

내 사무실에서 나와 회의하던 독리가 빙그레 웃으며 말했다.

처음 방송을 녹음할 때에 자신의 국왕인 내가 국민에게 경어를 쓴다는 걸 탐탁지 않아 했던 독리였지만, 새로운 나라에서는 국민이 중심이라는 내 일장 연설로 어쩔 수 없이 동의했던 독리였다.

하지만 지금은 결과가 너무나도 좋았기에 진심으로 웃었다.

"그런가요?"

위원회 내에도 중앙 현관 밖에 라디오를 설치했고, 매시간이 되면 내 목소리가 창문가로 조그맣게 들렸다.

"낮 시간 동안 지속하는 방송과 각 지역에 방으로 붙은 사보가 우리 국민들에게 자신감과 확신을 불어넣어 주고 있습니다. 거기다 전하와 위원회가 국민을 존중하고, 국민을 위해 노력한다는 게 느껴져, 지역에 우리를 지지하는 사람들이 늘어났고, 위법한 행위를 하던 단체들의 영향력이 많이 줄어들었습니다, 전하."

"그렇다면 다행이네요. 다음 주에 첫 교육을 마친 신병이 2사단으로 배속된다고요?"

기존의 대한군처럼 긴 훈련은 아니었고, 핵심만 뽑아서 만든 단기 교육을 마치고 전선에 투입될 예정이었다.

"빗속에 훈련이라 훈련병들이 많이 힘들어했으나, 무사히 기초 군사훈련을 마칠 것으로 예상합니다. 일본이 아닌 대한을 위해 전쟁을 치르기 때문인지 높은 사기와 노력이 부족한 훈련량을 채우고도 남습니다, 전하."

"다행이네요. 그들이 훈련을 마치면 각 지역에 모자란 치안 병력이 투입될 수 있겠네요."

"그렇습니다. 그리고 계속 2기, 3기 수료생을 배출해 전선에도 지원할 예정입니다, 전하."

대한군 세 개 사단 중 과거 광무군이 주축인 곽재우 사단장이 이끄는 1사단은 패튼 소장의 기갑사단과 함께 만주에 진입했다.

남쪽에는 비가 많이 오지만 북쪽으로는 거의 오지 않았고, 무사히 압록강을 건너 신경에 위치한 관동군 사령부를 향해 진격을 시작했다.

북쪽에서는 극동 소련군이 야포 9천 문을 이끌고 남하 중이었다.

혹독한 겨울이 시작되기 전 조금이라도 더 남쪽 땅으로 내려오기 위해 소련 극동군이 필사적으로 움직이고 있다고 들었다.

남쪽으로는 과거 광복군이 주축인 김원봉 사단장이 이끄는 3사단이 군산 점령 이후 치안 유지 병력을 조금 남기고, 광주에서 몇 차례 시가전을 치르고 겨우 광주로 진입했다.

치안 유지의 기초를 다지면 목포, 순천, 여수를 거쳐 최종적으로는 진해로 향할 예정이었다.

미국에서 훈련한 제국익문사 요원과 지하동맹이 주축인 이철암 사단장이 이끄는 2사단은 원래 경성 방어가 임무였으나, 몇 차례 연합군의 작전이 변경되면서 부산으로 향했다.

신병을 인수할 최소한의 2사단 장교만 용산에 남아 훈련병의 훈련을 돕고 있었고, 그들도 신병 훈련이 끝나면 각 도의 대도시로 파견되어 치안 유지 임무에 투입될 예정이었다.

"이철암 사신, 아니 이철암 사단장은 괜찮다던가요?"

세 명의 사단장, 그리고 총사령관 중 이철암 사신이 가장 걱정되는 사람이었다.

다른 사람들은 중국이나, 일본, 대한제국에서 장교 교육을 받고 현장에서 부대장으로 근무를 했던 사람이었지만, 이철암 사신은 대한제국에서 장교 교육은 받았으나 실근무는 군이 아닌 제국익문사에서 했다. 그래서 정보 수집과 분류, 요인 암살과 경호 같은 특수작전에 익숙했고, 그런 작전을 하는 요원을 지휘하는 데 익숙했다.

같은 군인이라면 군인이지만 그 궤가 달랐고, 근무하는 방식도 전혀 달랐다.

함께 훈련하고 전투를 치르며 뒹구는 게 야전 군인이라면, 제국익문사는 각 지역에 파견되어 각자의 자리에서 일하며, 지역의 대장인 사신은 활동 중인 요원의 전체적인 그림을 그리고 확인할 뿐 함께 뒹구는 경우는 거의 없었다.

그런 그가 부대장으로서 첫 전투를 겪었고, 자신의 부하들이 죽어 걱정되었다.

"요원이 되기 전 대한제국의 군의 주축으로 훈련받은 사람입니다. 미국의 훈련소에서도 기본 훈련 이외에 지휘관으로 받아야 할 훈련도 병행했다고 들었습니다. 군인이 체질이라며 웃으며 떠났고, 근처에 있는 요원에게서 이상 없다는 정보도 받았으니 걱정하지 마십시오, 전하."

"미국에서요?"

내가 확인했던 미국에서 있었던 훈련의 일정표는 다른 훈련을 병행할 수 있는 수준의 훈련이 아니어서 놀랐다.

"그렇습니다. 다른 이들과 함께 모든 훈련을 마친 야간과 이른 새벽에 미군의 도움을 받아 교육받았다고 했습니다. 부대 지휘를 위한 장교 교육은 신체적 훈련보다 정신력과 지식, 지혜를 쌓는 게 더욱 중요하니, 야간 훈련으로 이철암 사단장에게 부족했던 부분을 채웠다고 들었습니다, 전하."

"……힘들었겠네요."

제국익문사, 이 사람들이 없었으면 나 혼자 꿈을 꿀 수는 없었다. 이 사람들이 뒤에서 나를 밀고, 끌어 준 덕분에 지금까지 해낼 수 있었다고 생각됐다.

"그도 기쁜 마음이었을 것입니다. 전하께서는 우리의 꿈을 이뤄 주신 분입니다, 전하."

독리는 언제나 내 얼굴에 금칠을 하지만 들을 때마다 부담스러웠다.

내가 하는 일은 손으로 목적을 지정할 뿐 목숨을 바쳐 이루는 그들에게 칭찬받을 만하지는 않다고 생각했다.

"……제가 아니더라도 우리 민족은 충분히 독립했을 거예요. 일본이 미국과 전쟁을 시작하는 순간 패전은 당연한 결과였어요. 단지 내가 끼어듦으로써 그 주체가 바뀌었을 뿐이에요."

이우 왕자가 끼어들지 않았어도, 대한민국은 해방 이후 국가를 설립했고, 세계 10대 경제 대국에 들어가는 국가를 만들었다.

물론 그사이에 많은 희생과 지금 독립군의 뜻과는 다른 역사가 펼쳐지지만, 결과만 놓고 보면 우리는 독립을 했고 자주독립된 국가를 설립했다.

"전하께서 안 계셨다면 대한제국에 이런 좋은 결과는 없었을 겁니다, 전하."

"대한국입니다. 광무제께서 생각하셨던 국가는……."

뒷말을 삼켰다.

전제주의 국가, 모든 권력이 황제에게 있다고 말하는 대한제국은 이미 망해 없어졌다.

독리에게 전제주의 국가는 내가 생각하지도, 한반도에 필요한 국가도 아니라고 말했지만, 그가 살아온 세월과 노력해온 모든 일을 부정하는 말이어서 끝까지 말하지는 못했다. 하지만 그도 내 뜻을 충분히 이해하고 있었다.

"부산은 잘 정리되고 있나요?"

"먼저 내려갔던 요원들과 문파 최준의 소개로 만난 부산의 조력자들의 도움으로 일본 헌병과 경찰, 일본인을 부산항으로 몰아넣었고, 전투 이후 시민, 정보부 요원, 2사단이 협력해 부산 내 잔류하고 있는 일본인을 색출하고, 위험인물을 분류하는 작업에 들어갔습니다. 다른 두 사단보다 이철암 사단장이 이끈 2사단이라 이번 작전은 더욱 유용했다고 했습니다, 전하."

"2천여 명이 적은 숫자는 아니에요."

앙골라 작전을 진행하며, 죽은 대한인의 숫자였다.

이는 정확한 게 아니라 대략적인 숫자였다. 그 숫자 안에는 대한군 106명이 포함되어 있었고, 그 외 미군도 열네 명이 작전 중 사망했으며, 일본인의 피해는 정확하게 집계조차되지 않았다.

이철암 사신이 보고한 숫자는 최소 7천에서 1만 이상일 수도 있다고 했다.

다른 지역보다 부산이 유독 피해가 컸던 이유는 우리가 경성에서부터 밀고 내려가는 형태라 일본인들이 탈출하면서 일본과 가장 가까운 부산으로 몰려들어서 저항이 격렬했기 때문이다.

그들도 태풍 때문에 배를 띄워 빠져나가지 못하니 최후의 저항을 했고, 그 때문에 우리 군의 피해도 생겼다.

"2사단이 아니었다면 더 큰 피해가 일어났을 것입니다. 그래도 정보국 요원에게 사단장과 2사단의 제국익문사 출산 군인들이 협력해 부산에서 활동했고, 전투에서 아군에 수배가 되는 적을 사살했습니다. 적군에 비하면 작은 희생이었습니다, 전하."

작은 희생이길 바랐지만 많은 사람이 죽었다.

전투했는데 아군의 전사자가 없기를 바라는 건 말도 안 되는 내 욕심이다.

2사단은 제국익문사의 사람 중 미국에서 교육받은 젊은 요원들과 지하동맹에서 차출한 군사교육을 받은 건장한 청년들이 주축을 이루는 사단이다.

그들 중 백여 명이 전사했다.

내가 동의한 작전이었지만, 군산까지는 그래도 소수의 피해였다가, 처음으로 대한군과 대한인에게 대량 희생자가 나왔기에 씁쓸함은 어쩔 수 없었다.

"어쩔 수 없다는 걸 잘 알고 있어요……. 이쪽의 두 사람은 어떤가요?"

내 질문에 독리는 자신 앞에 놓여 있던 물로 목을 축이고 대답했다.

"몽양은 금세 정리했습니다. 이미 한반도 내에 지하동맹을 통해 장악력을 가지고 있었고, 군수품 보급 비리와 연관되어 있던 박서인을 비롯한 여러 사람을 몽양의 사람이 직접 잡아 치안대로 인계했습니다. 그래서 산골이나 한성에서 멀어 영향력이 미치지 않는 곳을 제외하곤 대부분 다른 말이 나오지 않도록 정리했고, 본인과 전혀 연관성이 없는 곳은 치안대와 군에 통보해 정리 중입니다. 그에 비해 백범은 한성에는 임시정부 사람들이 많이 있지만, 백범에게 문제가 되는 일은 한성보다는 지방 도시나 고향인 해주 근처에 있어서 직접적인 영향력을 끼치기가 힘들어 치안대와 군에 대부분 자료를 넘겼습니다. 해주의 최형배를 비롯한 그 일당은 긴급 체포를 하였으나, 인력 부족으로 다른 지역은 아직 해결하지 못해 소문이 진정되려면 시간이 필요합니다, 전하."

"다른 문제는 없나요?"

연관성이 없다고는 생각했지만, 만에 하나가 있다.

1919년 상해서 임시정부를 수립할 때에도 모두 한마음으로 같이 목숨을 걸고 만들었지만 시간과 상황이 변하며 일부는 떠났고, 또 함께 목숨을 걸었던 사람들이었지만 그런 사람들을 팔아먹은 자도 있었다.

몽양과 백범 두 사람이 직접 관여하지는 않았어도 그들의 측근 중에는 있을지도 몰랐다.

"지금까지는 발견되지 않았습니다. 전하의 말씀처럼 없었거나, 전하가 직접 말씀하셔서 그들이 어둠 속으로 숨어들었을 수도 있습니다, 전하."

내가 백범과 몽양에게 말하기 전 최지헌을 통해 독리가 지시를 내렸고, 몇 명 남아 있지 않은 정보국이 아니라 경성치안대에 류건율 대장 아래에 있는 과거 제국익문사 요원을 선발해 몽양과 백범 그리고 이 정도 일을 할 수 있는 고위직에 있는 사람들을 감시했다.

부족한 일손이지만 일에 경중이 있었고, 이 일이 이제 막 시작하는 위원회를 위해서는 중요했다.

"분명 연관된 사람이 한둘은 나올 거예요. 돈이 모이고 권력이 모이는 곳엔 언제 그런 곰팡이 같은 놈들이 모여드니까요. 그들이 어둠으로 들어가는 것은 어쩔 수 없으나, 임시방편이나마 이렇게 잠시라도 햇볕을 비춰 더 번지지 않게 해야해요."

정면 돌파는 최선의 선택이 아닌 차악의 선택이었다.

내가 미리 경고하면 숨어드는 놈이 나오겠지만, 시간을 벌수 있다.

지금 인력이 부족하니 우리에게 가장 필요한 건 시간이었고, 나는 정면 돌파로 그 시간을 잠시 벌었다.

"지금 당장 밖으로 나오는 일은 없을 것입니다, 전하."

"김포는 괜찮나요?"

"지난번에 타설했던 콘크리트 일부가 강한 비에 쓸려 나가 정비하는 중입니다. 경험 많은 공구장이 판단하기로는 구름이 걷히고 해가 들어 다음 태풍 전까지는 완전히는 아니나 어느 정도 굳어 견딜 수 있다고 했으니 괜찮을 것입니다, 전하."

"그랬으면 좋겠네요."

폭탄을 경성에 배달하기 위해 준비 중이라고 말할 수 없어 더는 말하지 못했다.

하지만 폭탄이 배달된다 해도 활주로를 1,800미터로 확장하지 못하면 중重폭격기가 착륙하지 못하고, 연합국의 생각대로 작전을 진행하지 못한다.

일본이 정신 차리고 일어나기 전 혼란스러운 지금 일어날 엄두도 내지 못하도록 그들의 약한 고리인 무릎을 부숴야 했다.

"너무 심려치 마십시오. 우리가 가장 우려했던 시기인 지금 천제天帝께서 돕고 있으니, 좋은 징조가 아니겠습니까, 전하."

하늘길과 바닷길이 막힌 지금 하늘이 시간을 벌어 주어 우리에게는 좋은 일이었지만, 일본도 정신 차리고 반격할 시간을 주기는 마찬가지였다.

"천제라……."

하늘님이 있어 우리를 도우려 했다면 이 나라가 이렇게까지 되지 않았을 거라 생각했다.

이건 하늘이 우리나라를 돕는 게 아닌 우연일 뿐이었다.

하늘님이 있다고 믿지도 않았고, 이 비가 우리에게 마냥 이익이 된다고 낙관적으로 생각하지 않았으나, 독리에게 뭐라 말하지 않았다.

말을 끝까지 하지 않았지만 독리도 내 씁쓸한 미소를 보았다.

다.

"전하, 유리 제프리 중령이 방문했습니다, 전하."

독리의 보고가 어느 정도 끝났을 때 최지헌이 들어와서 말했다.

"들이게."

뜬금없이 등장했다가 사라지기를 반복하는 유리 제프리의 행보에 익숙해져 딱히 놀라지 않고 말했다.

아니, 오히려 그가 방문했을 때는 좋은 이야기가 많았고, 이번에는 산타클로스가 무슨 선물을 가지고 방문했을지 기대가 되었다.

"전하, 그간 퐁안하셨습니까?"

보고를 마친 독리가 나가고, 들어온 유리 제프리는 어디서 구해 입었는지 대학생들이 입고 다니는 교복을 입고, 내게 어눌한 발음의 한국말로 인사했다.

그의 발음은 엉망이었고 '퐁안'은 마치 '퐁신'처럼 들렸다.

"마치 내게 결투를 신청하는 듯한 말투군."

내가 피식 웃으며 말하자 유리 제프리는 멋쩍게 웃었다.

"첫 만남 때도 그랬지만 제가 생각하기는 꽤 그럴듯하게 한국어를 발음한다고 생각하는데, 전하께서 느끼시기에는 정말 엉망인가 봅니다, 전하."

"내가 만나 본 미국인 중에서는 가장 괜찮네. 최소한 한국어라는 게 존재한다고 알고는 있으니 말이야."

미국인이라고 만난 사람 중에서 한국어를 제대로 발음하는 사람은커녕 한국의 존재를 모르는 사람도 있었다.

그나마 내가 이곳에 만난 미국인은 대부분 군인이고, 태평양전쟁에 투입된 사람이니 그 정도였다.

그에 비교해 유리 제리프는 엉망이나마 가끔 한국어를 시도했기에 한국어를 유창하게 한다고 말하기에 충분했다.

"칭찬으로 듣겠습니다, 전하."

그는 자신의 한국어 실력을 잘 아는지 멋쩍은 웃음을 지었다.

"칭찬이네. 어디 간다 말도 없이 사라졌던 우리 산타클로스가 오늘은 어떤 선물을 가지고 오셨나?"

"전하의 기대에 맞춰 여러 가지 선물을 준비했습니다."

"내 기대에 맞췄다면 일본을 한 방에 박살 낼 수 있는 정보여야 할 걸세."

서로 장난친다는 건 잘 알았고, 나도 그의 장난에 맞춰 줬다.

"일본은 이 정보가 아니더라도 이미 상당한 타격을 받았습니다, 전하."

어디서 구해 왔는지 작은 사진들을 내려놓으며 말했다.

"이게 다 뭔가?"

흑백으로 된 사진에는 일본 육군의 군복부터 200리터짜리 기름 드럼까지 바다 위에 많은 양의 유류품이 떠 있었다.

"제가 미군 주둔지에 있을 때 재미난 말을 들어, 확인차 다녀온 부산의 사진입니다."

"부산? 거긴 자네가 이곳을 떠난 며칠 동안 전쟁터가 아니었나?"

부산항에서 전투에 승리했다는 전보가 어제저녁이었다. 그가 부산에 있었을 즈음에는 한창 치열하게 싸우기 시작했을 때라고 짐작됐다.

"이 사단장이 지휘를 잘하더군요. 일본인에게 진해나 다른 곳으로 빠져나갈 틈도 주지 않고 부산항으로 밀어 넣어 야간에 영도다리와 영도를 점령한 뒤 그곳에 야포를 설치해 배의 출항을 막은 채로 부산항으로 몰아넣은 일본군을 천천히 효율적으로 섬멸하는 백전노장의 솜씨에 감탄했습니다. 일본군 입장에서는 피가 마른 시간이었을 것입니다. 만약 이 사단장이 적군이었다면 무슨 수를 써서라도 암살해야 한다고 보고서를 올렸을 것입니다, 전하."

유리 제프리는 웃으며 말했지만, 그 내용은 살벌했다.

아직 정확히 파악되지 않았으나 사상자가 양측을 합쳐 최소 1만을 넘는다고 봤다.

보고서에 스쳐 지나가는 내용에 따르면 전투가 종료되고 이틀이 지난 지금까지도 부산 앞바다의 핏물이 희석되지 않았다고 했다.

"제국익문사 요원들은 모두 유능하네. 리더를 잘못 만나 빛을 못 봤을 뿐이지."

"이제 좋은 리더를 만나 좋은 결과가 나왔습니다, 전하."

유리 제프리도 제국익문사에 대해 조사를 했을 테고, 그걸 광무제가 만들고, 융희제를 거쳐 내가 지휘하게 되었다는 걸 알고 있는 듯했다.

"자네 말대로 위원회 위원들은 좋은 리더일세. 그건 그렇고 그 위험한 부산에 동아시아를 책임지는 자네가 직접 내려간 이유가 뭔가? 이 사진들은 무엇이고?"

사진을 보는 순간 혹시 이번 태풍으로 일본군의 물품이 떠내려온 것이거나 부산항에서 치른 전투에서 바다로 흘러간 물품 둘 중 하나로 생각되었다.

"제가 용산 주둔지에서 들었던 재미난 말은 파일럿이 대한해협에서 일본의 수송선의 잔해를 이번 태풍이 몰아칠 때 보았다는 것이었습니다."

"나도 들어 알고 있네. 근데 그게 어디서 온 것인지 파악은 불가능하다 하지 않았나?"

태풍이 오기 직전 구름 위를 나르다가 초계지역을 벗어났던 비행사의 보고에 있던 내용이었다.

"비행사가 확인하기는 힘들지만, OSS는 할 수 있었습니다. 그 잔해는 일본 육군 수송선의 잔해였으며, 태풍이 올라오던 그날 태풍보다 빠르게 부산항으로 상륙하려던 오사카와 히로시마에서 출발한 일본 육군의 수송선 잔해로 확인되었습니다, 전하."

"일본 육군 수송선! 그, 그게 말이 되는가? 그 큰 태풍이 올라오고 있는데, 본토에서 수송선이 출항했다고? 확실한 것인가?"

"미 육군이라면 출항하지 않았겠으나, 제가 확인한 신뢰도 높은 첩보에 의하면 일본 육군은 그 날씨에 출항했습니다. 첩보에 따르면 출항한 수송선에 승선한 부대는 방위防衛총사령부總司令部 서부군西部軍 소속에 히로시마의 제5사단과 가가와현의 55사단, 서부군 직할의 포병대인 것으로 확인했고, 생존자는 현재까지 제로인 것으로 파악했습니다, 전하."

"……그게 사실이란 말인가?"

너무 엄청난 말이라서 어안이 벙벙했다.

지금 유리 제프리가 한 말이 모두 사실이라면 서일본에서 큐슈에 배치된 육군을 제외하고, 서일본 육군 전력의 절반, 아니 절반을 넘어 최소 3/5의 전력이 전투에 의해서가 아니라 지휘관의 어처구니없는 판단으로 수장되었다는 말이었다.

"그렇습니다. 일본 내에 믿을 만한 정보통을 통해 육안으로 확인했고, 이 내용은 아직 일본 육군 내에서 쉬쉬하고 있어 같은 편인 일본 해군에서조차 파악하지 못하고 있으며, 물론 일왕 궁과 궁내부에서도 파악하지 못한 것으로 확인했습니다."

내 어처구니없는 표정을 보면서 유리 제프리는 자신도 같은 생각이라는 듯 피식 웃고는 대답했다.

"어처구니없는 것은 이것만이 아닙니다. 일본 육군과 해군이 그렇게 사이가 좋지 않다는 건 잘 알고 있었는데, 이건 아예 적군보다 못한 상황으로 파악되었습니다. 이번 육군의 수장은 육군이 철저히 숨기고 있습니다. 오히려 일왕 궁과 해군에는 이미 부산의 육군과 수송된 육군이 힘을 합쳐 대구, 대전을 탈환했고, 경성을 향해 진군 중이라는 내용이 라디오와 호외를 통해 알려졌습니다. 또한, 우리 미국과 임시정부는 잘못된 판단으로 인한 과욕으로 일본과 한반도를 공격했고, 그 일을 후회하다가 일본군의 진격에 놀라서 경성을 버리고 원산의 해로와 블라디보스토크로 이어지는 육로를 통해 도주 중이라는 내용의 라디오와 호외도 뿌려지고 있다 합니다. 일본 섬 내에 믿을 만한 소식통에 의하면 한반도로 이동하기 좋은 큐슈의 병력이 아니라, 히로시마와 가가와현의 병력이 움직인 이유도 큐슈의 병력이 움직이면 나가사키

항을 거쳐야 해 일본 해군에 상황이 심각하다고 알려 주는 꼴이라 그랬다고 합니다."

"자, 잠깐! 잠깐만, 이게 다 지금 사실이라고? 농담이 아니라!"

너무 놀라서 뭐라 말하지 못했다.

부산에서 연합군 1백여 명이 죽었다고 들었을 때 아직 제대로 정비된 일본 육군과 전투를 치르지 않았는데도 사상자가 나왔는데, 제대로 정비된 육군과 싸우면 얼마의 희생이 생길까 두려웠었다. 그런데 무슨 개그 만화와 같은 말에 놀라서 말이 이어지지 않았다.

"더 있습니다, 전하."

"더?"

"네."

"알겠네. 계속 말해 보게."

이미 들은 내용으로도 놀랐는데, 아직 끝나지 않았다는 유리 제프리에게 항복 선언처럼 대답했다.

"일본 육군이 해군에게 필사적으로 비밀로 하며 서일본의 병력을 움직이다가 모두 대한해협(Corea Strait)에 수장되었고, 이를 일왕과 해군, 국민에게는 철저히 비밀로 하는 중입니다. 또한, 반격 작전 이후 서태평양에서 아군과 일본 해군이 벌였던 해전에서 침몰한 일본 해군의 초대형 전함과 구축함, 순양함에 대한 정보는 일본 육군과 국민에게 반대로 알려졌습니다. 일본 해군이 해전에서 미군의 항공모함 세 척과 구축함 한 척을 격침시키고, 해전에 참여했던 초대형 전함을 비롯한 항공모함과 순양함, 구축함 들은 대승 이후 아무런 피해가 없어서 본토로 돌아오지 않고 호주 점령전에 동원되었다고, 선전하고 있습니다. 이 내용은 일본 육군도 믿고 있으며, 해군이 승승장구하는 지금 일본 육군이 한반도를 우리에게 뺏기고, 세 개 사단 병력에 달하는 병력이 바다에 수장되었다고 알려지는 걸 원치 않았던 육군이 적극적으로 거짓 내용을 보고하고 선전하고 있습니다. 또한, 도청한 무전을 토대로는 육군과 해군, 각각의 같은 군 내에서도 일부는 속이고 있는 것으로 판단됩니다. 특히 대본영의 해군부와 태평양에 나가 있는 야마모토 이소로쿠 제독 함대와의 교신에서도 해군부에서 이소로쿠 제독을 속이고 있습니다, 전하."

이건 사극이나 현대 전쟁물이 아닌 막장 드라마였다. 그것도 방영하면 시청자로부터 개연성이 없다고 엄청나게 욕을 먹고 조기 종영할 수준의 막장 드라마.

"그게 지금 다 사실이라는 건가? 해군은 육군에게 거짓말을 하고, 육군도 해군에게 거짓말을 해 서로는 지금 전쟁을 아주 잘 치르고 있다고 믿고 있다고? 거기다 해군, 육군 내에서도 전황을 거짓으로 알리고 있다고?"

"그렇습니다. 아군이 생각하는 것보다 더욱 심각할 정도로 일본군이 분열하고 있다는 정보입니다, 전하."

"해군 내에서는 왜 거짓을 말하는 건가? 태평양에 나가 있는 함대가 돌아와 연합 해군으로부터 본토를 수비해야 하는 게 아닌가?"

육군과 해군 사이에 거짓말이라면 백번 양보해서 이해한다 해도 상급 부대와 그 예하 부대 간의 거짓말은 더욱 이해가 되지 않았다.

특히 호주 공략을 위해 나가 있는 함대는 일본 해군에서 가장 강력하고, 중요한 병력이다.

"그 부분은 일본 해군의 무전을 도청해 알게 된 내용과 이후 일본 해군의 움직임을 통해 파악했습니다. 지금 대본영 해군부의 사람들은 우리 군의 항공모함을 한 척 침몰시켰고, 본토에 남아 있는 작은 구축함으로 근해 수비가 가능하다고 생각하는 것으로 보입니다. 호주 공략이 중요한 지금 모든 사실을 이소로쿠 제독에게 알리면 그가 바로 함대를 돌려 본토로 돌아올 것을 우려하는 것으로 보입니다. 그래서 이소로쿠에게는 전황을 본토에서 출격한 일본 해군이 아군과 양패구상을 한 것으로 무전을 쳐 일본 본토의 아군 해군에 위협되는 일은 새로운 전함이 진수되기 전까지는 없으며, 지금이 호주를 공략할 가장 좋은 기회라고 알렸습니다, 전하."

설명을 들으면 들을수록 이해가 되지 않았다. 아니, 머리로는 이해한 거 같았다. 하지만 믿기지 않았다.

"자네라면 믿겠나, 이 내용을?"

"……사실입니다."

유리 제프리도 내 말뜻이 뭔지를 잘 알아 자신의 뒷머리를 긁적이면서 대답했다.

그제야 처음에 보고 나서 말을 들으며 눈에 들어오지 않았던 그가 입고 있는 옷이 다시 눈에 들어왔다.

어디서 구했는지 모를 대학생이 입고 다니는 교복, 그 교복을 입고 있는 유리 제프리의 모습에 실소가 새어 나왔다.

"전부 사실입……."

내 실소에 자신의 말을 믿지 않는다 생각했는지 유리 제프리는 급히 말했고, 그런 그를 손을 들어 제지했다.

"믿고 있네. 나도 일본 육군에 몸을 담았었고, 육군과 해군의 관계가 어떤지 잘 알고 있네. 물론 이런 상황에서 그 정도로 큰 거짓말로 서로를 속이리라고는 생각지도 않았네만……. 단지 내가 웃은 건 자네의 옷 때문일세. 사람들이 믿던가?"

"하하, 스페인에서 온 유학생으로 말하니 잘 믿었습니다. 오히려 이 복장에 이 외모로 명목상 중립국인 스페인 유학생이며 도쿄에서 유학 중 잠시 조선 관광을 왔는데 일이 이렇게 터져 학교가 있는 도쿄로 돌아가야 한다고 하니, 일본인들은 전혀 의심하지 않고 오히려 걱정해 주었습니다, 전하."

유리 제프리는 자리에서 일어나 등 뒤에 있는 망토를 멋지게 펼쳐 보이며 대답했다.

그의 말대로 그는 백인이 아닌 히스패닉계였고, 곱슬거리는 머리까지 보니 스페인 사람이라는 말은 충분히 신빙성 있어 보였다.

"일본어는 할 줄 아는가?"

"유학생이라 거짓말할 정도는 가능합니다, 전하."

그는 진짜 유학생처럼 보이려고 하는지 내게 어눌하지만, 한국어와는 다르게 정확히 뜻이 전달되는 일본어로 말했다.

"보기보다 숨겨 둔 게 많군."

"언제나 전하께서 항상 제게 놀라움을 주시니 저도 이런 소소한 것이라도 재미를 드려야지 않겠습니까, 전하."

유리 제프리의 말에 피식 웃음이 새어 나왔다.

"충분히 즐겁네. 그럼 이 모든 내용이 진실이라면 일본 육군이 다음 태풍이 끝나도, 빠른 시일 내에는 한반도 탈환을 시도하지 못한다고 보이는데 맞는가?"

"일본군의 상륙을 대비해야겠지만, 이전보다 상황이 나아진 것은 맞습니다, 전하."

"그냥 나아진 수준이 아니지 않은가? 섣부른 추측일지도 모르지만, 육군과 해군이 화해를 하지 않는다는 전제하에 어스퀘이커가 한반도로 들어오기까지 충분히 시간을 마련할 수 있을 것 같군."

"OSS 내부의 의견도 일치합니다. 하지만 일본 육군의 침몰을 비롯한 일부 내용은 완벽히 파악한 게 아니라, 고도의 기만 작전이라면 아주 위험하다는 의견도 있어서 앞으로 작전을 아주 신중히 수립해야 한다는 게 OSS의 의견입니다, 전하."

"연합군 사령부는 알고 있나?"

"도청의 위험 때문에 블라디보스토크로 인편을 통해 전달해 아직 모르고 있습니다, 전하."

"군 수뇌부 회의를 해야겠군."

"이미 긴급 상황임을 전파하고, 전하를 뵙기 전 소집해 경성에 있는 사람들은 위원회관으로 오고 있을 것입니다."

2장

　유리 제프리의 보고를 받고 나서 그와 함께 위원회관 대회
의실로 들어가니 알렉산더 사령관을 비롯한 미군 사령부와
대한군 사령부, 위원장과 부위원장까지 모두 모여 있었다.

　유리 제프리가 내게 보고했던 내용을 그들에게 보고하니,
그들의 표정도 나와 같이 시시각각 변했고, 마지막에는 다들
허탈하면서도 기분 좋은 미소가 입에 걸렸다.

　특히 평생 군인으로 살아온 알렉산더 사령관은 무언가 생
각하는지 일본군 두 개 사단 이상이 수장되었다는 부분부터
눈을 감고 팔짱을 끼고 들었다.

　"이 내용은 인편을 통해 진주만의 연합군 사령부로 전달
중이며, 홋카이도의 미 해병은 기존의 점령지에서 후방의

지원을 받아 삿포로와 치토세비행장을 비롯한 홋카이도 전역을 점령할 예정입니다. 본섬에서 오는 관문인 하코다테는 치토세비행장 점령 이후 블라디보스토크와 연합군 본대의 지원을 받아 마지막으로 점령할 계획을 수립했습니다. 물론 이는 OSS 분석관들의 의견이며, 연합군 사령부에서 내려오는 작전과는 조금 다를 수 있다는 점을 유의해 주시길 바랍니다."

다들 유리 제프리의 설명이 끝났지만, 침묵을 지키고 있었다.

"나는 이 보고 내용을 어디까지 신뢰할지는 모르겠지만, OSS의 동아시아 책임자의 입에서 나온 말이니 완전한 거짓으로 볼 순 없다고 생각해요."

"감사합니다, 전하."

유리 제프리는 웃으며 나를 향해 고개를 살짝 숙였다.

"그럼 각 항구에 퍼져 있는 작은 전함을 제외하면 이 해역 안에는 위협이 되는 해군은 없다고 봐도 되는가?"

알렉산더 사령관이 눈을 뜨고 팔짱을 풀어 자신의 지휘봉을 들고는 중앙 탁자에 놓여 있는 중국, 한반도, 일본 열도가 그려진 지도를 가리키며 말했다.

"일본 육군도 수송선과 수송선에 탑재한 함포가 있고, 본토에서 출격할 수 있는 전투기를 배제할 수 없어서 제해권을 완전히 장악한다고 보기는 힘든 상황입니다. 연합 해군에서 어떤 판단할지는 확실히 알지 못하나, 최소한 홋카이도까지 이르는 해로는 완벽히 장악하기 위해 노력할 것으로 보고 있습니다."

"블라디보스토크에 다롄 폭격을 최우선으로 하라고 전달하게. 다롄항이 이 일대에서 가장 큰 항구이고, 북방에서 키운 양과 콩을 이곳을 통해 여러 곳으로 이송하고 있지. 그리고 한반도가 우리 수중에 들어온 지금 일본 본토로 들어가는 마지막 출입로이니, 이곳을 점령하면 이번 겨울 이전에 이 전쟁을 끝낼 수 있네."

"이곳을 점령한다 해도……. 아…… 알겠습니다, 사령관님."

알렉산더 사령관의 단호한 말에 유리 제프리가 무언가 말하려다가 멈칫했다.

그리고 그의 생각을 나도 알 수 있었다.

북방의 만주와 내몽골 일대에 드넓은 초원 지대에서 키우는 양은 일본이 전쟁을 치르는 데에 아주 유용한 식량이자 방한용품이었다.

그걸 실어 나르는 창구가 다롄항이었다.

물론 다롄항 말고도 텐진항이나 다른 항을 이용할 수도 있다.

유리 제프리도 처음에는 그리 생각했다가 중국 북부에서 활동 중인 중국공산당으로 인해 이미 북경 방향으로 향하는 철도는 철로 유지조차 힘든 상황이란 걸 기억해 낸 듯했다.

우리가 항구를 이용하지 못하더라도 적이 이용하지 못하게 하는 것만으로도 엄청난 효과였다.

"항구를 파괴하는 것에 초점을 맞추는 게 어떤가요?"

이미 패튼 소장이 이끄는 연합군은 신징으로 진격한 상황이라 부대를 돌리기에는 너무 늦었다.

비행기로 할 수 있는 작전은 탈환이 아닌 파괴였고, 유리 제프리가 알렉산더 사령관에게 말했다.

"나도 같은 생각이네."

"다른 분들도 같은 생각이십니까?"

알렉산더 사령관이 동의하자 유리 제프리는 다른 참석자에게 물었고, 별다른 이견이 나오지 않고 동의했다.

"그럼 이 내용은 위원회와 미 육군 사령부에 공식 요청으로 전달하겠습니다."

유리 제프리가 참석자들에게 동의를 얻은 후 뒤돌아서 회의에서 대기 중이던 미군 장교에게 쪽지를 전달했다.

"다음 내용은 남부 전선에 관한 OSS의 의견서입니다. 현재 일본 육군이 해군과 관계가 개선되지 않는다면, 지금 진해 공격을 위해 준비 중인 대한군은 부산에 진지를 구축하고, 진해는 당분간 내버려 두는 것이 좋다는 판단입니다. 우리가 일본 본토를 직접 공격하기 전까지는 일본 육군이 자국에 기만하고 있는 내용을 사실로 알도록 진해 주변은 대한인을 소개하고, 그들의 행동만 살피는 게 좋다는 판단입니다."

"진해항을 버리자는 것인가?"

유리 제프리의 말에 잠시 고민하던 알렉산더 사령관이 되물었다.

"버린다기보다는……. 아! 트로이의 목마라 생각하시는 게 좋아 보입니다. 진해는 부산에서 지척입니다. 맑은 날 항공의 지원을 받으며 부산의 대한군 2사단이 움직이고, 이철암 사단장의 역량이라면 이동 시간까지 고려해도 하루면 충분히 초토화할 수 있고, 탈환을 목표로 한다 해도 하루 반나절이면 충분하다고 판단했습니다. 그렇다면 이걸 남겨 둠으로써 일본 육군의 거짓을 역으로 이용해 한반도를 탈환하고 있다고 생각하게 하면, 일본 해군의 움직이지 않도록 만들어 태평양의 연합군 해군이 움직일 시간을 조금이라도 더 벌 수 있습니다."

"저들이 진해에만 있지 않고, 주변을 정찰하면 들통 나지 않는가?"

일본군의 능력에 대해 기대치가 많이 낮아졌지만, 그래도 군인이었다. 전쟁 중인 일본 해군이 기지 주변이라지만, 지금과 같은 상황에서는 정찰을 나설 것 같아 내가 의문을 표했다.

"해당 부대 주변을 감시했던 정보부 요원에게 확인한 정보

로는 진해 기지의 일본 해군은 지금 부대 주변 경계 근무를
제외하고는 움직임이 없다고 합니다. 또한, 부산으로 향하지
않았던 진해 주변의 일부 일본인들만 가끔 부대로 들어가고
있을 뿐 나오는 사람은 없습니다. 정보부 요원과 2사단의 협
조를 얻어 주변을 감시하면, 그들의 움직임을 잘 파악할 수
있다고 판단했습니다, 전하."

"스스로 고립을 택하고 있다?"

지청천 총사령관이 통역을 통해 유리 제프리에게 말했다.

"그렇게 해석할 수도 있습니다. 다만 우리가 예측하기엔
위원회에서 송출 중인 라디오 단파를 통해 이쪽의 말도 듣
고, 본토의 일본 정부가 보내는 단파와 일본 해군 내 무전을
통해 전해 들을 내용도 있어서 진해의 일본군이 어느 쪽을
신뢰하는지는 모르나, 최소한 그들은 우리의 라디오도 믿지
않고, 무전 내용도 아주 배타적으로 해석하며, 진해항의 안
전에 만전을 기하는 것으로 생각됩니다."

지청천 총사령관이 질문을 시작하자 다른 참석자들도 자
신이 궁금한 내용을 질문했다.

대부분 내용은 그 정도로, 일본 육군과 해군의 관계가 안
좋은 게 사실인지, 전황을 부풀린 게 일본군의 어느 선에서
이루어진 일인지 궁금해했으나 유리 제프리는 확인된 부분
만 대답했다.

"기존의 섬멸 작전은 어떻게 되는가요?"

유리 제프리의 설명이 끝나고 내가 알렉산더 사령관을 보며 물었다.

　블라디보스토크에서 일본 본토에서 출격한 전투기, 폭격기와 싸우는 병력을 제외하고 남는 여력은 만주 각 지역에서 확인된 731부대를 비롯한 생화학 부대들을 폭격해 섬멸하는 게 두 번째 목표였는데, 지금 다롄으로 상황이 바뀌었다.

　그리고 그 내용을 알고 있는 사람은 나와 알렉산더 사령관, 정보를 취급하는 OSS의 유리 제프리와 독리 정도였다.

　그래서 일부러 생화학 무기 개발 부대라는 명칭 대신 섬멸 작전이라고 말했다.

　"논의가 필요하겠지만, 다롄 항구를 폭격해 파괴하는 데에는 그리 많은 시간이 필요하지 않을 것으로 생각됩니다. 그곳을 우선 타격 이후 기갑부대가 움직이는 루트에 가까운 순서부터 섬멸 작전을 개시하는 게 좋지 않을까 생각합니다."

　알렉산더 사령관은 잠시 생각한 이후 내게 말했다.

　"하루 안에 동시 타격하지 않으면 그들이 정보를 빼돌리거나 부대를 이동하지 않을까요?"

　처음 작전을 수립할 때에는 폭격기들이 동시다발적으로 폭격하고, 또 블라디보스토크에서 먼 곳은 중경에서 출발한 폭격기가 폭격할 계획이었고, 이 역시 한 번에 이루어지는 작전 계획이었다.

"그런 위험은 있습니다."

생화학 무기의 위험성을 잘 알고 있는 알렉산더 사령관이었지만, 지금 상황에서 어느 것이 더 중요한지 고민하는지 쉽게 답하지 못했다.

"이 부분은 조금 더 논의합시다."

나와 알렉산더 사령관만 의견을 주고받아서 결정할 사항은 아니었고, 연합군 총사령부와 교감도 필요한 부분이었다. 결국 이 자리에서 모든 작전 내용을 논의할 수 없어서 더 묻지 않고 넘겼다.

그 후 몇 가지 작전이나 이 자리에 참석한 사람이 알아야 하는 전달 사항을 조성환 위원과 밴 플리트 작전참모가 전했다.

회의가 마무리될 분위기가 되자 유리 제프리가 다시금 자리에서 일어났다.

"마지막으로 중요한 사항이 있습니다. 이 사항은 기밀입니다. 지금 본토에서 신형 폭탄이 발명되어 양산에 들어갔습니다. 빠르면 2주, 길어도 3주면 한반도로 배치될 예정입니다. 한반도에 배치될 때까지는 기밀 유지 부탁드립니다."

유리 제프리는 처음과 달리 상황이 바뀌어 폭탄이 들어올 때까지 충분히 버틸 수 있다고 판단해 어스퀘이커를 군 수뇌부에게만 공개하겠다고 나와의 독대에서 말했고, 나와 눈을 마주쳐 이야기할 뜻을 전한 후 말했다.

"신형 폭탄?"

유리 제프리의 말에 가장 놀란 사람은 지청천 총사령관도, 몽양이나 백범도 아닌 미군인 알렉산더 사령관과 밴 플리트 작전참모였다. 그중 알렉산더 사령관이 놀라서 되물었다.

"그렇습니다."

"내가 미국을 떠날 때만 해도 들은 게 없는데 어떤 폭탄 말인가?"

미국 육군 내에서도 높은 삼성장군인 알렉산더 사령관이 알지 못해서인지 눈살을 찌푸리며 말했다.

"전쟁부에서 기밀 사항으로 개발한 폭탄입니다. 백악관 직속으로 만들어진 프로젝트 팀이 개발한 것이라 육군에 알려진 지 얼마 되지 않아 모르실 수도 있습니다, 사령관님. 몇 달간 방공호에 숨어든 독일군과 일본군으로 인해 전선이 고착화되고, 폭격의 위력이 반감되어 개발에 착수했고, 개발에 성공했습니다. 이 사진을 보시면 어느 정도 위력인지 알 수 있을 겁니다."

"폭탄의 무게와 화약량을 비약적으로 늘여 중폭격기의 한계 고도에서 투하하면, 고도와 무게에 의해 최소 5미터에서 최대 30미터의 땅, 혹은 10미터의 방공호 천장도 뚫고 들어갑니다. 이후 충돌 10초 후에 터지는 지연신관을 통해 폭탄이 땅속으로 완벽히 들어가면 터져서 속에서부터 폭발을 일으키는 폭탄입니다. 이는 적의 방공호도 뚫을 수 있으며, 철길, 다리와 같은 목표물에 명중하지 않더라도 주변에만 떨어지면 폭발로 생기는 파동으로 시설물을 파괴할 수 있는 강력한 폭탄입니다."

유리 제프리는 자신의 손과 손에 들고 있던 볼펜으로 직접 시범을 보여 주며 설명했다.

"약점이나 단점은 무엇입니까?"

밴 플리트 작전참모는 이 폭탄을 어떻게 써야 할지 고민하는 얼굴로 유리 제프리에게 물었다.

"현재 가장 큰 단점은 폭격기가 가장 큰 폭약을 실으면 단 한 개의 폭탄만 운반 가능하다는 것입니다. 또한, 한번 출격하면 폭탄 투하 이전에는 재착륙이 불가능해 목표한 목표를 찾지 못하는 불상사가 일어나면 폭탄을 아무 곳이나 투하 이후 회항해야 착륙이 가능하다는 게 전쟁부에서 생각하는 단점의 전부입니다. 물론 아직 실전 배치 전이라 실전 배치 이후 어떤 단점이 확인될지는 알 수 없습니다."

"한반도에 가장 먼저 배치되는가?"

"아닙니다. 이미 1차 분량은 호주로 향했고, 2차 분량이 한반도로, 3차 분량은 영국과 아프리카로 나뉘어 향할 예정입니다."

알렉산더 사령관의 질문은 백악관이 지금 중요하게 생각하는 전선이 어디인지 묻는 것처럼 들렸다.

물론 유럽 전선을 더욱 중요하게 생각한다는 건 당연했지만, 지금 이 시기만큼은 아직 미군이 직접 파병한 인원이 더 많은 태평양 전선을 더 중요하게 생각하는 것처럼 보였다.

"두 번째라……. 알겠네."

알렉산더 사령관은 유리 제프리의 대답 이후 자신의 노트에 뭔가를 적어 나갔다.

"백악관에서는 이 폭탄이면 우리 장병들이 새해를 타임스 퀘어에서 맞을 수 있다고 확신하고 있습니다."

"전쟁은 언제나 변하네."

유리 제프리의 확신 어린 말에 알렉산더 사령관은 쓴웃음을 지으면서 말했다.

�✝

조간 회의를 마치고 대회의실을 나설 때 독리의 표정에서 평소와는 아주 조금이지만 다른 이질감이 들었다.

"수도의 이름을 서울로 정한 게 만족스럽지 않은 것 같네요."

오늘 조간 회의에서 오갔던 내용 중 독리가 신경 쓸 만한 부분은 이것이라 내 사무실로 향하며 그를 불러 조용히 물었다.

오늘부터 공식적으로 경성이 서울이란 지명으로 바뀌었다.

조간 회의에서 가결되었고, 제국익문사 사보를 통해 배포될 예정이었다.

"아닙니다, 전하. 전하의 뜻이 곧 제 뜻입니다."

조금 전 느껴지던 이질감이 순식간 사라지며 그가 대답했다.

살아온 시간과 그가 했던 역할 때문인지 독리는 감정을 숨기는 데 아주 능숙했다. 이질감을 느낀 것도 이 내용을 알지 못했던 독리의 마음이 궁금해 내가 회의 때부터 그를 관찰했기에 겨우 느낄 수 있었을 정도였다.

"독리의 생각은 왜 한성이 아니라 서울이냐는 것이지요?"

내 눈짓에 최지헌을 비롯한 모든 수행원은 뒤로 한두 걸음씩 떨어졌다.

그제야 독리가 조심스럽게 말했다. 그 말을 문서기록관만 근처에 남아 적었다.

"……대한제국의 수도는 한성이었습니다, 전하."

"독리의 뜻을 이해하지 못하는 것은 아니나 독리와 내가 소속된 위원회가 재건하는 나라는 대한제국도, 임시정부가 원했던 대한민국도 아닌 대한국이니, 한양도 한성나 경성이 아닌 서울이어야 해요. 아까 회의에서도 말했듯이 완전히 새로운 이름보다는 대한인이 쉽게 이해할 수 있는 이름을 선택해야 했는데, 그게 바로 서울이었어요."

독리가 가끔 보이는 행동과 말로 그의 마음을 잘 알고 있었다.

그는 자신을 대한제국의 사람이라 생각하고, 위원회가 하는 일은 당연히 대한제국의 연장선상에 있다고 생각했다.

평생을 대한제국을 위해 목숨을 걸고 살았던 사람이기에 그의 행동을 이해하지 못 하는 건 아니었다. 그러나 대한국이 대한제국을 계승하지만 전혀 새로운 나라라는 걸 명확히 하고, 그에게 이를 받아들일 명분과 이유를 줘 내 뜻을 따르게 하고 싶었다.

"잠시 시간이 괜찮으면 들어와서 말하지요."

"알겠습니다, 전하."

내 사무실로 들어가자 문서기록관과 독리만 나를 따라 들어오고 사무실의 문이 닫혔다.

"독리의 뜻은 잘 알고 있지만, 우리가 만드는 대한국은 황제가 모든 걸 소유하는 전제 국가가 아니에요. 나 역시 이 나라가 내가 속한 나라라고 생각하지만, 모든 게 내 소유라 생각지 않아요. 군주라는 역할을 맡을 뿐 나 역시 다른 3천만 명의 대한국민처럼 3천만 명 중에 한 명의 국민일 뿐이에요. 이전에도 말했지만 단 한 명의 사람이 나라를 지배하는 것은 굉장히 위험하고, 낡은 정치 방식이에요. 황제 국가로의 환원은 저 독일에 히틀러처럼 한 사람이 권력을 쥐고, 모든 결정을 하는 독재국가와 다른 것이 없어요. 나는 왕가의 핏줄을 타고났다는 이유로 국가의 모든 권력을 손에 쥐고 흔드는 것은 독재국가보다 더 위험하다 생각해요. 우리의 역사만 봐도 세종 대왕이나 성종 대왕처럼 훌륭한 성군이 나올 수도 있지만, 연산군이나 장 황제(철종) 같은 왕이 나오면 그 모든 결과는 국민의 고통으로 돌아와요. 독리는 과거 역사를 통해 그 결과를 잘 알고 있지요?"

서울과 한성, 이름에 불과한 것이지만 독리에게는 다른 의미였다.

이미 내가 처음부터 대한제국으로 되돌아가지 않는다고 못 박았지만, 독리의 마음속에서는 위원회의 많은 의사 결정을 내리며 작전을 계획하고 진행하는 내 모습에서 대한제국을 호령하는 황제의 모습을 봤을지도 몰랐다.

실제로 입헌군주국이라 하기에는 위원회에서 내 위치가 조금 미묘했다.

실권을 쥐고 있으나 정치에는 되도록 관여하지 않는다고 하지만, 이미 많은 부분에 손을 담그고 직접 관여하고 있었다.

하지만 지금의 현실 때문이라도 어쩔 수 없는 부분이었고, 나라의 기반을 만들고 전쟁이 끝나면 나는 명목상 군주이자 한 명의 국민으로 돌아가야 했다.

그리고 독리에게 그 부분을 명확히 알려 주고 이해시켜야 했다.

"전하의 핏줄입니다. 이청 저하께서는 영민하시니 그런

일은 일어나지 않을 것입니다, 전하."

핏줄로 권력을 쥔다고 해서인지 독리는 아홉 살의 아들 이청에게 '저하'라는 존칭을 붙이며 대답했다.

"10년이면 강산이 변하는데 아직 아홉 살인 내 아들이요? 청이가 영민하다 해도 아홉 살 어린아이일 뿐 앞으로 어떻게 변할지 몰라요. 또 만약 당장 내가 내일 죽는다면 어떻게 될 것 같나요? 그 아이가 이 나라의 군주로서 이 상황을 타개할 수 있을까요?"

"어찌 그런 말씀을 하십니까……. 상상조차 끔찍하나 그런 일이 생기더라도 섭정을 통해 저하께서 성인이 되실 때까지 안정될 수 있도록 할 수 있습니다. 위원장이나 부위원장이 섭정을 맡으면 능히 해내실 것입니다, 전하."

"위원장이나 부위원장 능력이야 의심하지 않지요. 하지만 한 명에게 권력이 집중되면 사람이 어떻게 변할지 알지 못해요. 먼 과거를 볼 것 없이 광무 선황제 폐하만 봐도 알 수 있지 않나요? 황제가 힘이 약할 때엔 외척이나 가족, 부모님이란 혈연을 등에 업고 그 권력을 휘둘렀어요. 그들이 정당한 권력이라고 보기 힘들지요. 대한국민은 그런 황실의 잘못 때문에 30년이나 넘게 고통받고 있어요. 수백만의 국민이 그들이 하지 않은 잘못으로 죽었어요. 나는 이 모든 문제가 정치구조에 있다고 생각해요."

"신하들의 잘못입니다, 전하. 경술년의 일은 다른 누구도 아닌 대한제국의 녹을 먹던 신하들이 이 나라를 팔아먹었기 때문입니다. 황실의 잘못이 아닙니다, 전하."

"황실, 아니 왕실의 잘못이에요. 정조 대왕 이후 제대로 된 군주가 있었나요? 이 나라의 명운은 이미 정조 대왕이 돌아가신 그 순간 결정 났어요. 그걸 돌릴 기회는 많았지요. 하다못해 왕실이 갑오년(1894년)에 일어났던 동학의 이름을 빌린 국민의 목소리를 외면하지 않고, 그들을 진압하기 위해 외세를 끌어들이지 않고 그들을 포용했다면, 이 나라가 일본의 손에 쉽게 떨어지지는 않았을 거예요. 이완용 같은 자가 대신에 올라 아무런 저항도 없이 나라를 팔아 버리는 일이 있지는 않았겠지요. 또 고작 궁을 포위할 정도의 군인으로 이 나라를 집어삼킬 수 있었던 건 광무 선황제가 곧 대한제국이라는 생각이 있어서예요. 국민 한 사람 한 사람을 국가라 생각했다면 고작 궁을 포위했다는 이유로 나라가 없어지지는 않았겠지요. 미국처럼 민주 공화정의 국가였다면 대통령이 죽으면 다시 뽑으면 된다고 생각하지 대통령이 죽지 않기 위해 나라를 팔아먹을 수는 없지요. 중요한 건 국민이에요. 국민이 있기에 나라가 있는 것이에요."

"……."

독리는 내 뜻이 확고하다고 생각했는지 내 말이 끝나도 아무런 말이 없었다.

이미 내 뜻을 전했기에 조금 더 강하게 말하기로 마음먹고 말을 꺼냈다.

"사실 나는 이 나라가 미국처럼 대통령을 뽑는 민주 공화정으로 갔으면 좋겠어요."

"저, 전하!"

내 선언과도 같은 말에 놀란 듯 독리가 자리를 박차고 일어나며 말했다.

"추태를 부렸습니다. 송구합니다, 전하."

독리의 행동에도 내가 아무런 말도 없이 미소만 짓고 있자 그는 사과를 하며 다시 자리에 앉았다.

"아니에요. 마음이 그렇다는 거예요. 하지만 지금 상황에서는 불가능해요. 하나의 망명정부로 통합된 프랑스와 다르게 대내외로 자신들이 대한의 정부라고 말하는 단체만 수십 곳이에요. 그러니 국제사회에서 어느 한 곳이 인정받기는 힘들지요. 미국이 대한민국임시정부가 아닌 나에게 접근했던 이유도 거기에 있어요. 나는 나와 황실이 대한국민과 대한민국임시정부, 연합국을 하나로 묶는 역할을 해야지만 이 상황을 타개하고 우리가 주도한 독립을 이루며 국가를 설립할 수 있다고 판단했기에 대한국의 군주로 나섰을 뿐 황제가 되고 싶지도, 아니 될 수 없다고 생각해요. 이 나라와 대한국민을 생지옥에 빠트린 책임은 누가 뭐라 해도 황실에 있고, 그 책임을 지기 위해 재건위원회에 있을 뿐 이 역할이 끝나면 황실은 국민과 같은 대한국민으로 존재해야 한다고 생각해요. 아버지도 같은 생각이셨기에 형무소로 들어가셨어요. 황실은 국민의 한 사람으로 군주라는 역할을 하는 것일 뿐이에요."

"……뜻을 받들겠습니다, 전하."

내 말이 끝나고도 한참이 지나서야 독리의 대답이 들렸다.

"제국익문사로서는 대한제국을 위해서 목숨을 바쳤으니 납득하기 힘들다는 걸 잘 알아요. 하지만 망국의 황실은 국민 앞에 역사적 심판을 받아야 하고, 지금 황실에 필요한 역할이 있어서 사죄하는 마음으로 역할을 수행하겠지만 과거의 방식대로 돌아가 황실이 통치하는 전제국가는 황실로서 염치가 없잖아요."

쓴웃음을 지으며 말하자 오히려 독리는 당황했다.

그가 마음속으로 어떻게 생각하는지는 모르겠으나, 황실의 잘못이 없다고 생각하기는 힘들었다.

"대한제국의 관리를 지냈던 사람으로서 전하께 폐가 된 것 같아 송구합니다, 전하."

내 뜻에 동의한다는 뜻으로 독리는 대한제국 관리였다고, 과거형으로 말하며 대한제국과 지금의 위원회와 선을 그었다.

"나도, 성재도, 독리도 모두 자신의 방식대로 위원회에 힘을 보태 민족에게 용서를 구하는 거예요. 혹시라도 독리가 제국익문사 또는 위원회에서 구축한 힘을 국민이 아닌 황실을 위해서 쓸지도 모른다는 내 생각 때문에 조금 전 강하게 말했어요. 그 힘은 국가의 주인인 국민을 위해서 써야 해요. 주권은 국민에게서 나온 것이고, 주권의 주인은 국민이에요. 위원회와 황실은 그 주권을 국민의 뜻에 따라 행하는 대리자일 뿐이에요. 그래서 처음 임시정부의 헌법을 고칠 때, 또 재건위원회가 임시 헌법을 만들 때 임시정부에서는 의정원, 위원회 임시 헌법에서는 제헌의회의 의결을 거쳐야만 대한국의 군주가 될 수 있다는 조항을 넣었어요. 국민의 대리자인 제헌의회의 의결을 통해 국민의 뜻을 확인하고, 국민이 황실의 잘못을 용서한다면 군주가 될 수 있게 했어요. 이는 황실이 국민의 위에 있는 존재가 아닌 국민을 위해서 봉사한다는 뜻이에요."

이미 위원회와 국민은 군주로 받아들이고 있지만 이런 절차는 필요했다.

독립운동에 투신하거나 엘리트라 불리는 부류의 사람들이 아닌 평범한 사람 대다수는 아직 나라님이 있고, 그 나라님이 모든 것을 관장한다고 믿었다.

그래서 내가 이유 없이 모든 권한을 위원회에 이양한다면 이해하지 못할 사람도 많았다.

그 때문에 나는 망국의 책임을 신하가 아닌 황실로 돌렸고, 그 망국의 책임을 진다는 이유를 붙여 황실은 모든 권한을 내려놓고, 입헌군주로서 정치에 일절 관여하지 않으며 주어진 역할만 한다는 내부 방침을 만들었다.

아직 공표하지는 않았지만 우리가 독립하면 가장 먼저 공표할 내용으로, 위원장과 부위원장, 성재와 의견을 나눴고 세 사람은 내 뜻에 동의했다.

독리도 이 내용을 독립 전쟁을 계획하던 시기부터 말해서 알고는 있을지 몰라도 반격 작전이 시작되고 내가 전면에 나서서인지 전제 황제가 되어 나라를 이끌지도 모른다는 희망을 품은 것 같았다.

"알겠습니다. 전하의 뜻이 곧 제 뜻입니다. 전하의 뜻을 받들어 국민을 위해 일하겠습니다, 전하."

"제 뜻을 이해하고 따라 줘서 고맙습니다."

혹시 독리가 다른 마음을 가지지 않도록 못 박기 위해 내가 자리에서 일어나 고개 숙이며 말하자, 독리는 당황하며 말했다.

"저, 전하, 이러지 마십시오. 당연한 일일 뿐입니다, 전하."

그의 손길이 내 쪽으로 뻗었으나 차마 나를 만지진 못하고 갈 길 잃은 손만 움직였고, 우리의 대화를 기록하던 기록관도 당황한 듯 펜을 움직이던 소리가 우뚝 멈췄다.

"나는 나와 같은 국민의 한 사람에게 고마움을 표했을 뿐이에요."

독리가 더 당황하지 않도록 허리를 펴며 웃으며 말했다.

내 미소에 독리는 허탈한 표정이 되었고 이내 미소 지으며 자리에서 일어나 내게 고개를 숙였다.

"이 내용은 등급 외로 분류 보관하면 되겠습니까, 전하?"

독리가 나가고 난 이후 문서를 기록한 기록관이 조심스럽게 말했다.

이런 민감한 이야기는 대화 전 내가 등급을 지정하는 경우가 많았는데, 이번엔 아무런 말을 안 해서인지 기록관이 먼저 물어 왔다.

"등급 외보다는 1등급이면 충분해요. 보관 기간은 최대인 50년으로 하세요."

나는 나와 독리의 대화를 1등급 비취인가(비밀문서 취급 인가)를 가진 위원장과 부위원장이 알았으면 했다.

내가 군주에 있을 때는 정치적 중립을 지키지만 내가 아닌 후대에 다른 누군가 군주가 되었을 때도 정치적 중립이 지켜지리라는 보장이 없다.

입헌군주이지만 황실의 인기가 아주 높아 전제 왕정복고를 주장하는 무리가 나올 수도 있었고, 또 후대의 군주가 군주라는 직위에 취해 직접 정치에 관여하려고 덤벼들 수도 있다.

특히 아직 어린 이청이나 혹은 수련이가 군주가 된다면

그 아이들의 생각이 나와 완전히 일치한다고 확신하지 않았다.

그래서 1등급 비밀문서로 만들어 고정적으로 1등급 비취인가가 허가된 군주와 위원장(제헌 선거 이후 총리), 부위원장(이후 부총리)에게 입헌군주국을 선택한 내가 생각한 황실과 군주, 정부와의 관계를 알리기 위해 독리와의 대화문을 통해 문서로 남겼다.

"공화국이라……."

잠시 머릿속에서 떠오른 단어를 중얼거렸는데, 만년필이 사각거리는 소리를 통해 문서기록관이 방금 내 중얼거림도 기록했음을 알 수 있었다.

"……우리나라는 최종적으로는 민주공화국으로 가야 하는데……. 황실은 갈기갈기 찢어져 있는 대한의 정치사상을 잠시 묶어 주는 과도기적인 역할을 할 뿐이야."

내가 갑자기 혼잣말을 하자 문서기록관은 잠시 멈칫한 이후 곧바로 수첩에 적어 나갔다.

혼잣말 아닌 혼잣말로 내 뜻을 확실히 적어 놓고 싶었다.

한동안은 1등급 비취인가자만 볼 수 있겠지만, 50년이 지나 1992년이 되면 대한국 국민이라면 누구나 열람할 수 있는 문서를 만들었다.

50년이라면 이 나라의 정치 형태가 이런 논의를 할 수 있을 정도로 성장해 있을 거라 생각했다.

"1등급이네."

"말씀대로 하겠습니다, 전하."

내 혼잣말까지 작성이 끝난 문서기록관에 웃으며 말했고, 그도 내 의도를 알았는지 얇은 미소를 띠며 대답했다.

3장

"평리원의 홍진 재판장이 잠시 뵙기를 청했습니다, 전하."

최지헌이 내 사무실로 들어와 조심스럽게 말했다.

평소 나를 찾아오는 사람은 미리 약속하고 찾는 경우가 대부분이었는데, 홍진 재판관이 아무런 말도 없이 갑자기 찾아와 조금 놀랐다.

"모시세요."

최지헌이 나가고 곧바로 엄청난 양의 서류 더미를 손에 든 두 명의 사람과 함께 홍진 재판관이 들어왔다.

"어서 오세요, 재판관님."

홍진 재판관은 대한제국의 법관양성소를 졸업하고, 판사와 검사로 일했던 대한제국 최고의 엘리트 중 한 명이자, 이후 임시정부에서도 국무령까지 지냈던 사람이다.

대한제국 시절부터 아버지 의친왕과 교류가 있었고, 최근까지도 교류한 아버지의 사람 중 한 명이었다.

법관 출신으로 위원회 내에서 법에 능통한 몇 안 되는 사람 중 한 명이어서, 성재와 함께 위원회의 임시 헌법을 담당하고 있는 사람이었다.

"그간 격조隔阻해 송구합니다, 전하."

법무위원으로 조회 시간을 제외한 대부분 시간을 임시 헌법에 할애하는 성재와 다르게 홍진 재판관은 임시 헌법 만드는 작업만이 아니라 평리원의 수장으로 해야 할 일과 모자란 판사의 역할까지 지금 할 일이 너무 많았다.

"그래도 법무위원은 조회에서 얼굴이라도 보는데, 재판관께서는 너무 바쁘시니 얼굴 보기가 힘드네요. 내가 재판관께 사람 몇 명밖에 배속하지 않고, 너무 많은 일을 드린 것 같아요."

"아닙니다. 임시정부의 사람 중 저와 일했던 동지들이 합류해 사정이 나아졌습니다. 신경 쓰지 않으셔도 됩니다, 전하."

대한제국의 법관양성소를 졸업한 2백여 명의 사람 중 죽거나 변절한 사람을 제외하고, 등용된 사람이 여섯 명밖에 없었다.

2백 명이라 해도 마지막 졸업생이 33년 전이고, 시간이 많이 지나 찾기가 어려웠고, 서울 근교에 성재와 연락이 되었던 두 사람과 임시정부에 속해 있던 사람이 전부였다.

그래서 여섯 명 중 네 명이 검사로, 두 명이 평리원의 판사로 배속되어 근무 중이었다.

아직 재판을 진행할 근거인 헌법이나 규정이 마련되지 않아 재판을 진행하지 않고, 여섯 명 모두 임시 헌법 제정에 도움을 주고 있었으나 손이 모자랐다.

그래서 임시정부에서 헌법 관련 일을 했던 사람들도 열한 명이 주사主事로 판사와 검사의 일을 돕는 일에 투입되었다.

하지만 법관이 아닌 주사로 법을 새로이 만드는 지금 해줄 수 있는 일이 제한적이라 일이 많이 줄지는 않았다고 법무위원에게 전해 들었는데도 홍진 재판관은 웃으며 말했다.

"재판장께서 직접 무슨 일로 오셨나요?"

"내일 동의動議(회의 중에 토의할 안건을 제기함)될 특별 규정의 내용을 보고하고 전하의 고견을 구하고, 임시 헌법과 관련해 법무위원에게 전해 받은 내용에 관하여 여쭤볼 부분이 있어서 찾아뵀습니다, 전하."

홍진 재판관은 말이 끝나자 함께 들어왔던 사람들이 탁자 위에 내려놓고 간 서류 더미에서 하나의 서류를 내게 건넸다.

"이 서류가 내일 조간 회의에서 의결될 1급 반민족 행위자를 판단할 규정입니다, 전하."

홍진 재판관이 건네준 서류를 받았다.

　　1급 반민족 행위자 판별判別에 대한 규정

　　별첨別添 1의 이유로 1급 반민족 행위자를 선별選別함에 있어서 적용할 특별규정을 수립樹立한다.

　　제1조 반민족 행위자는 하위 규정에 의거依據 1급과 그 외 등급으로 나뉜다.

　　제2조 1급 반민족 행위자 판별은 1심과 2심으로 나눠 판단하며 2심의 판결을 확정판결確定判決로 한다.

　　-제1항 1심은 각 지방재판소, 2심은 평리원에서 관할管轄한다.

　　-제2항 재판 절차는 임시 헌법에 규정된 재판 절차에 따른다.

　　제3조 1급 반민족 행위자로 선별된 자에 해당하는 자는 다음과 같다.

　　-제1항 대한인을 인쇄물, 시각 기록물, 청각 기록물, 시청각 기록물, 대중大衆 연설演說을 통해 일본 제국의 내선융화 정책, 황국신민화 정책, 징집, 위안부, 정신대 동원을 자발적自發的으로 선전宣傳 또는 선동煽動한 자.

　　-제2항 일본 제국의 징집, 위안부, 정신대를 비롯해 대한인

을 징발하는 일에 직접 자발적으로 관여하거나, 상기 행위를 자발적으로 지원한 자. 또는 상기 행위를 통해 이익을 취한 자.

-제3항 자발적으로 대한 민족문화를 파괴, 말살하거나 문화유산의 훼손, 반출을 주도한 자.

-제4항 독립운동에 참여한 대한인과 그 가족을 자발적으로 고문, 감금, 폭행, 살상, 처형, 학대하거나 그런 행위를 지시 또는 명령한 자.

-제5항 독립운동에 참여한 대한인과 그 가족을 자발적으로 밀고, 제보하여 이익利益을 취한 자. 단, 강요, 고문, 협박에 의해 밀고, 제보한 행위는 제외한다.

-제6항 일본 제국의 전쟁 수행을 돕기 위해 별첨 2의 기준 이상의 군수품 제조업체를 운영 또는 별첨 3의 기준 이상의 금품을 자발적으로 헌납한 자.

제4조 1급 반민족 행위자 판결에 대한 규정 제3조에 해당하는 자는 사형死刑에 처하며, 확정판결 이후 2주 내에 위원장 또는 총리가 군주에게 제청提請하고, 군주가 제가制可하면 1주 내에 집행執行한다.

"강요, 협박에 의한 밀고자는 반민족 행위자로 판단하지 않나요?"

"아닙니다. 1급 반민족 행위자와 그 외 급의 반민족 행위자를 구별하는 기준입니다. 강요, 협박에 의한 밀고는 이후 조금 더 세밀한 법령에 의거 판단할 예정입니다, 전하."

"1급과 2, 3, 4급을 나누는 기준은 결국 자발적이냐, 아니냐인가 보네요."

글을 읽으면서 가장 많이 눈에 들어온 글자가 자발적이었다.

"그렇습니다. 자신의 금전이나 출세를 비롯한 모든 이익을 위해 자발적으로 협조한 자들을 1급 반민족 행위자로 규정, 해당하는 처벌을 내리는 게 타당하다고 평리원 법관의 공통된 의견으로 결정했습니다, 전하."

"마음 같아서는 조금 더 넓게 적용하고 싶네요."

"제국익문사에서 그간 모아 온 엄청난 양의 민족 반역자에 관한 정보를 넘겨받아 그 자료를 토대로 검사장과 검사 들이 판단한 결과, 이 규정으로 1만 명 이상의 사형자가 나올 것으로 보고 있습니다, 전하."

"1만 명이 아니라 백만 명을 사형시킨다 해도 근거가 있다면 해야지요. 30년이 넘는 세월 동안 쌓인 적폐積弊예요. 지금 피의 숙청을 하고 과거의 모든 폐단弊端을 청산해야만 우리가 꿈꾸는 나라를 만들 수 있어요."

"준비되고 있는 임시 헌법의 민족 반역자 처벌에 관한 특별법에는 2, 3, 4급의 민족 반역자도 사형은 아니지만 강력한 처벌과 수형受刑이 따릅니다. 특히 1, 2급의 민족 반역자는 본인뿐 아니라 그의 직계가족까지 경찰, 군인, 법관 같은 모든 공무원과 선출직 공직자까지 되지 못하는 사회적 제약이 따르는 연좌 제도를 적용할 예정입니다. 연좌제는 새로운 헌법에서는 금지하고 있으나, 반민족행위자특별법은 예외법으로 적용할 것입니다. 사형은 인간이 할 수 있는 가장 강하고 잔인한 처벌이며, 이는 굉장히 제한적으로 이뤄져야 한다는 게 법관들의 생각입니다, 전하."

"나도 그리 생각하지만, 최소한 남의 생명을 대가로 부당한 이익을 거둔 자는 모두 사형시키고 싶네요."

"전하의 말씀대로 이익을 취한 자 중에서 일부는 2급으로 분류되지만, 적극적 반민족 행위를 했던 이 중에 2급 아래로 내려가는 이는 없을 것입니다, 전하."

"내일 의결되면 바로 공포公布되는가요?"

"그렇습니다. 이미 평리원 검사들이 주사와 함께 제국익문사에게 넘겨받은 자료를 검토하며 1급 민족 반역자로 기소할 자들을 가리고 있습니다. 공포된 이후 곧바로 기소해 재판에 넘겨질 예정입니다, 전하."

"임시 헌법을 만드는 것만 해도 바쁜데 재판까지 시작되면 평리원의 사람들이 걱정되는군요."

"임시 헌법 작성이 마무리 단계에 들어가서 괜찮습니다, 전하."

"사람……. 사람이 부족하네요."

군을 제외한 위원회의 모든 곳에서 똑같은 고민을 가지고 있었다.

위원회에서 가장 문제는 일을 주도할 수 있는 사람이 부족하다는 것이었다.

군은 그래도 이전부터 훈련받았던 인원이 있어서, 그들을 지휘관으로 하고, 이후에 모집한 이들로 인원을 채우면 됐지만, 위원회는 상황이 달랐다.

단순 노동을 할 수 있는 사람은 많았지만, 부서를 주도할 인재는 절대적으로 부족했다.

"이미 기초는 다 만들어졌고, 최종적으로 다듬고 있어 충분히 해낼 수 있습니다. 너무 걱정하지 마십시오, 전하."

"아직도 네 분과는 연락이 닿지 않았나요?"

가인街人 김병로金炳魯, 애산愛山 이인李仁, 긍인兢人 허헌許憲, 심전心田 김익진金翼鎭 이 네 사람은 반격 작전 이전에 제국익문사에서 한반도 내에 법조인 중 법조계에 근무하며 반민족 행위는커녕 독립운동가들을 열정적으로 도와주며, 대한독립을 지지한 사람으로 확인한 사람들이었다.

그래서 반격 작전 이후 소재를 파악 중인데 모두 소재가 묘연했다.

"송구스럽습니다. 제국익문사가 마지막으로 확인했던 정보로 파악하고 있으나, 서울이 아닌 해주, 양주, 대구 등 아직 위원회의 손길이 깊숙이 미치는 곳이 아니라 시간이 걸리고 있습니다, 전하."

"이미 전국 산골까지도 소문이 퍼졌을 테니 조만간 서울로 올라오시겠지요. 아니면 지금 올라오시는 중이시거나⋯⋯. 그분들은 한반도 내에서 법조인으로 사셨으니, 법조계에 심성이 곧으신 분들과 교류가 있을 겁니다. 조금만 더 고생해 주세요."

"지금도 여러 사람의 도움을 받아 하고 있어 괜찮습니다. 걱정해 주셔서 감사합니다, 전하."

고생하는 홍진이나 성재, 다른 평리원 소속 사람들을 보면 라디오 방송이라도 해 보는 게 좋을 듯했지만, 그건 법무위원인 성재가 반대했다.

위원회의 인재를 모으는 방송을, 그것도 이름까지 지명해서 하게 되면 위원회 내부에 인재가 부족하다는 말처럼 들려 일부 사람에게 안 좋은 인식을 줄 수 있다는 판단에서였다.

결국, 지금은 은밀히 찾고 있어 시간이 걸렸다.

"내게 궁금한 것은 뭔가요?"

법무위원에게 전해 들은 말 중에서 물어볼 말이 있다고 했던 홍진 재판관의 말을 떠올리며 물었다.

"전하께서 법무위원을 통해 전해 주신 서류 중에서 의문점이 하나 있었습니다."

홍진은 대답하며 서류 더미에서 하나의 서류를 찾아서 내게 넘겨주었다.

서류에는 내가 성재를 따로 만나 전달한 서류 중 하나의 내용이 정리되어 있었다.

"법관 양성에 관한 내용이네요."

"그렇습니다, 전하."

"내가 제안한 법관 양성 방법이 대한제국과 달라서 그런가요?"

"그렇습니다. 대한제국뿐 아니라 일본이나 미국과도 전혀 다른 방식입니다. 판사와 검사, 변호사의 교육기관을 분리하신 이유가 있습니까?"

대한제국의 법관양성소는 판사와 검사를 구분하지 않고, 교육한 이후 졸업하면 대부분 판사나 검사로 임관했다.

거기다 근무를 하다가도 검사가 판사로 갈 수 있었고, 판사가 검사로 옮기는 경우도 있었다.

역사가 그리 길지 않았고, 사법부의 힘도 그리 크지 않고 나라가 망해 가는 시기였기에 큰 문제가 나오지는 않았으나, 좋은 방법은 아니었다.

"검사, 판사, 변호사 모두 각각의 전문성과 서로 연관되는 부분이 있지요."

"그렇습니다. 같은 법을 다루는 사람들로 공통부분이 되는 것이 많아 함께 교육하게 되면 장점도 많이 있습니다, 전하."

"하지만 엄밀히 말하면 서로 목표하는 부분이 다르다고 생각해요. 검사는 피의자의 처벌을, 변호사는 피의자의 이익을 위해 움직이죠. 판사는 그런 두 직업 사이에서 판결을 내리는 것으로 조정하고요. 그런데 대한제국의 교육 방식과 이후 일본이 했던 교육 방식 역시 법에 관련된 모든 직종을 하나의 학교에서 교육했어요. 하나의 교육기관에서 수년간 교육을 받으면 그들만의 강한 유대감이 생기지요."

"유대감이라 해도 이후 각자의 자리에서 각자의 일을 행하니 큰 문제는 없었습니다, 전하."

"권력이 없었으니까요. 대한제국의 법관양성소 출신이라 해도 그들이 권력을 장악하기에는 대한제국의 기간이 너무 짧았고, 일본 제국 아래에서는 조선인 법관에게 권력이랄 게 없었으니까요."

일제강점기에 한반도 안에는 일본인 법관보다 대한인 법관의 숫자가 더 많았다.

물론 고위직으로 올라갈수록 일본인의 비율이 확연히 높아졌지만, 전체적인 비율로는 대한인이 더 많았다.

그 이유는 대한제국의 법관양성소가 경성전수학교에서 경성법학전문학교로 바뀌었는데, 이곳은 경성제국대학 법문학부 법학과와는 다르게 과거부터 이어진 전통 때문인지 대한인의 비율이 훨씬 높았기 때문이다.

경성법학전문학교를 졸업하면 각 지역의 법원에 서기나 통역으로 채용되는 특전도 있었다.

이렇게 법원에 들어간 이후 승진을 통해 판사까지 오른 사람이 많았다.

물론 일본인들이 굳이 사법부를 장악하지 않아도 일제강점기에 조선 사법부는 독립적인 기관이 아닌 총독부의 입맛에 맞는 결과를 내놓은 거수기일 뿐이었다.

수사는 일본인이 장악한 경찰이 모두 하고 그들이 결론까지 내리면 이후 법원에서 경찰이 내놓은 결과대로 판결을 내릴 뿐이었다.

이는 일본 제국 자신들이 법 절차를 따르는 근대국가라는 것을 다른 나라에게 보여 주기 위한 요식행위일 뿐이었다.

그래서 판사와 검사, 변호사를 이어 주는 강한 유대감이 있다고 해도 권력이 없어서 권력 집단으로 변모할 수는 없었다.

"전하께서는 그들에게 권력이 있었다면 다른 결과가 있었을 거라 생각하시는 것 같습니다. 하지만 저는 권력이 있었어도 법관, 아니 법조인法曹人이라면 법과 각자의 양심에 따라 행동할 테니 그런 일은 일어나지 않았으리라 생각합니다, 전하."

"법, 양심도 중요하지만, 권력과 돈 앞에는 법과 양심을 팔아먹을 사람도 많이 있어요. 물론 처음에는 소수겠지만, 법과 양심을 팔아서 권력을 쥔 사람들은 더 큰 권력을 쥐기 위해 자신의 밑에서 일해 줄 사람이 있어야 하죠. 그럼 결국은 이런 악순환이 사법부 전체를 타락시키겠죠."

"판사와 검사로 재직한 이후에 변호사로 전업하는 것을 막은 이유도 같은 것입니까, 전하?"

"네, 판사와 검사로 수십 년을 근무하고 사회로 나와 변호사가 되면, 그 사람이 평리원, 법원, 검찰국에서 활동하며 쌓은 인맥을 이용할 가능성이 높으니까요. 변호사가 된 판사나 검사는 그 사람과 수십 년 동안 함께 일했고, 또 그 사람 밑에서 일했던 사람들도 많았으니 상사였던 사람이 하는 부탁을 딱 잘라 거절하기는 힘들지요."

"너무 부정적으로 보시는 게 아닌지 걱정됩니다, 전하."

'전관예우'가 없는 지금 홍진 재판장이 체감하기에는 무리가 있었는지 쓴웃음을 지으며 대답했다.

하지만 미래에서 사법연수원이라는 하나의 교육기관을 통해 나온 변호사, 검사, 판사의 관계뿐만 아니라 검찰, 법원에서 수십 년을 근무하고 나온 전관예우 변호사가 어떤 대우를 받았는지 눈으로 보고 겪은 나로서는 걱정할 수밖에 없었다.

"인간의 욕심이란 건 끝이 없으니까요. 그 욕심이 권력, 돈과 결합하면 끔찍한 결과로 이어진다는 게 내 생각이에요. 그래서 처음부터 그 고리가 만들어지지 않게 하려 해요."

이게 완벽하지 않다는 건 알았다. 하지만 내가 생각할 수 있는 최선이었다.

"……변호사 시험의 합격 정원을 정하지 않은 연유를 여쭤봐도 되겠습니까, 전하?"

내가 제안한 서류에는 검사와 판사를 채용하는 시험은 1년에 정해진 기준의 인원만 선발하는 상대평가였다.

　하지만 변호사 시험은 절대평가로 합격자의 숫자를 정하지 않고, 기준이 되는 점수를 넘기면 모두 합격하는 시험으로 제안되어 있었다.

　"변호사는 많아야 하니까요. 법조인이 아닌 일반인은 법에 대해 잘 알지 못하기에 그들의 법 지식을 채워 줄 변호사가 필요한데, 그 숫자를 정하게 되면 변호사의 몸값이 올라가니까요."

　"몸값…… 말씀이십니까, 전하?"

　"지금 당장 종로통에서 시비가 붙어 법정으로 간다고 생각했을 때 하루 벌어 하루 먹고사는 사람이 변호사를 쉽게 구할까요, 아니면 기와집에 사는 도련님이 변호사를 쉽게 구할까요?"

　일제강점기에 변호사의 숫자는 턱없이 적었다. 최소 법학전문학교를 나와야지만 변호사 시험을 치를 수 있는 자격이 주어졌고, 그중에서도 합격해야지만 이 변호사가 될 수 있었다.

　이런 제도 아래에서 피지배층인 대한인이 변호사의 도움을 받기는 돈이 없다면 불가능한 이야기였다.

　특히 이 시대에는 변호사와 상의만 하기 위해 최소 쌀 한 가마는 팔아서 가져가야 했기에, 일당으로 생활하는 사람이 변호사를 찾기란 불가능했다.

"……."

경성을 떠나 서울로 돌아온, 수십 년 만에 서울에 온 사람이었지만, 내 질문의 대답을 잘 알고 있는지 홍진 재판장은 뭐라 대답하지 못했다.

"예시가 너무 극단적이었나요? 내가 하고 싶은 말은 사회에 충분할 정도의 변호사가 활동할 수 있게 해야 한단 거예요. 그렇게 되면 지금처럼 변호사 자격을 가졌다는 이유로 거들먹거리면서 살기는 힘들어지겠지요. 아! 그렇지 않고 돈과 상관없이 도움이 필요한 사람에게 도움을 주며 살아가는 변호사도 있다는 건 알아요. 하지만 대다수 변호사는 아니지요. 돌려 말하려니 설명이 너무 힘드네요. 조금 직설적으로 말할 테니 기분 나빠 하지 마세요."

"소인이 어찌 감히……. 아닙니다. 어떻게 말씀하셔도 괜찮습니다, 전하."

"나는 변호사가 권력이 아닌 법이라는 상품을 파는 장사꾼이라고 생각해요. 지금은 그 장사꾼이 되기 위해 너무나도 많은 제약이 있고 그 숫자가 적기 때문에 찾는 사람은 많은데 공급이 부족해 자연스레 비싼 가격에 팔렸고, 거기다 일부의 매점매석과 담합으로 인해 평범한 사람들은 찾을 엄두도 못 내는 상황이 되었다고 봐요. 그래서 그 제약을 조금 풀어 주고 많은 경쟁자를 만들어 가격경쟁을 하게 하고, 그래서 모든 사람이 혜택을 받을 수 있게 만들려고 그런 제안을 한 거예요."

변호사란, 아니 법조인이란 공부를 많이 했고 좋은 학교 혹은 좋은 기관에서 수학하고 높은 월급을 받으며 사회 지도층으로 대접받으며 살아왔다.

지금까지는 그랬지만 내 제안대로 진행되면 그 틀은 깨어진다.

그걸 잘 알고 있는 홍진 재판장은 내 앞에서 조용히 생각에 잠겼다.

"변호사와 판사, 검사 간의 유대감을 걱정하셨는데, 판사의 자격 중 변호사 경력 10년은 왜 넣으셨습니까? 10년 동안 변호사로 생활했다면, 변호사들과 유대감이 생겨 판사가 된 이후 유대감에 의한 문제가 나오지 않겠습니까, 전하?"

판사가 되기 위해서는 지금 당장은 아니지만 앞으로 20년 간은 소급 적용 기간을 거쳐 최종적으로 변호사 경력 10년을 요구했다.

이게 판사 임관 시험을 치를 최소한의 자격 조건이었고, 수십 년이 지나고 나면 모든 판사가 변호사 출신 판사로 채워질 것이었다.

"사람은 미래에 욕망을 가지지 바꿀 수 없는 과거에 욕망을 가지지 않으니까요."

"송구하나, 제가 잘 이해하지 못하겠습니다, 전하."

"판사가 된 변호사는 과거에 인연이 있었던 사람들이 있겠지만, 그 사람들이 판사의 판단을 바꾸기는 힘들지요. 변호사들이 판사에게 줄 수 있는 게 없으니까요. 판사는 범죄나 혹은 아주 특별한 일이 없는 한 판사가 마지막 직업일 테니까요. 다시 변호사가 되지 못하니, 변호사와의 인간적인 관계는 유지하겠지만 일적인 관계에 대해서는 생각할 이유가 없죠. 게다가 판결문에는 판사의 이름이 새겨지니 국민의 평가와 후배들의 평가를 받을 수밖에 없어요. 자신에게 도움이 되지 않는 관계를 고려해 잘못 결정하면 자신의 이름에 먹칠할 수도 있는 상황. 어떻게 결정할까요?"

"유대감에서 나오는 돈을 걱정하셨습니다. 전하의 말씀대로 돈에 대한 욕망이 있다면 개인적인 유대감을 이용해 개인적으로 만나 사례금을 전달하는 형태로 판결에 영향을 줄 수 있지 않겠습니까, 전하?"

"그건 범죄지요. 판사나 검사로 근무했던 사람이 변호사가 되어 일하는 건 하나하나의 일에서 돈을 주고받는 것과는 다르게 증명하기 힘들지만, 홍진 재판장이 한 말은 뇌물이에요. 우리나라의 임시 헌법에서 공직자의 뇌물에 대한 처벌은 홍진 재판장이 더 잘 알고 있으시지요?"

내가 제대로 설명하고 있는지 알 수 없었다.

지금은 전관예우도 없고, 사법 카르텔의 정점인 대형 법무법인이라는 게 없어 다른 예를 들어서 말하니 말의 중심이

빠진 상태로 주변의 현상만 설명하게 되어 설명하기가 힘들었다.

"그렇습니다, 전하. 제가 조금 부적절한 질문을 했습니다, 전하."

"아니요. 홍진 재판장이 충분히 의문을 가질 만한 부분이에요. 더 질문해도 괜찮아요."

"전하께서 제안하신 방식이 유대감으로 인한 문제가 없다는 것은 알겠습니다. 하면 10년이란 변호사 경력이 판사에게 필요한 연유는 무엇입니까, 전하?"

"스물다섯 살의 어린 친구가 환갑이 다 된 피고인에게 판결을 내리는 건 웃기니까요."

"……"

홍진은 내가 계속 설명하기만 기다리는 듯 입을 다물고 나를 바라봤다.

"6년 동안 공부를 해야 하는 경성제대 법학과와는 다르게 경성법학전문학교는 3년 교육을 받으면 졸업하더군요. 스무 살에 학교를 들어온다면 스물두 살에 졸업하고, 졸업 이후 첫 시험에서 합격하면 스물세 살에 시보가 되겠지요. 3년간 시보를 마치고 마지막 해 12월에 판사로 승진하면 스물다섯 살의 어린 친구가 환갑의 피고인에게 판결을 내리겠지요. 아, 물론 정말 그 모습이 웃긴다는 이유로 그러는 건 아니에요. 스물다섯 살이든 서른다섯 살이든 환갑의 사람에게는 아들, 손자뻘밖에 되지 않을 테니까요. 내가 걱정하는 건 스물 다섯 살의 판사는 판사가 되기 위해 어린 시절부터 공부만 해 왔을 테고 사회 경험은 전무하니 법전에 적힌 그대로 판결을 하겠지요. 그런데 세상일이란 게 책 속대로만 되는 게 아니니까요. 최소한 한 사람의 인생을 바꾸는 판결을 내려야 하는 판사라면 조금 더 넓은 눈을 가지고 판결해야 한다고 생각해서 그런 제안을 했어요. 물론 처음부터 그러고 싶지만, 그러자면 우리나라에 판사가 될 수 있는 사람이 몇 명 없을 테고, 최소 10년은 지나야지 임관할 수 있는 판사가 수급될 수 있으니, 소급 적용할 유예기간을 만들었어요."

"설명 감사드립니다, 전하."

"아니에요. 당연히 궁금한 부분이고, 내 생각이니 내가 설명해야지요. 궁금증은 풀렸나요?"

완벽하지는 않아도 그의 의문에 대답이 되었으면 했다. 그리고 아직 의문이 풀리지 않았다면 조금 더 대답할 생각으로 물었다.

"풀렸습니다. 제 무례한 질문에 대답해 주셔서 감사합니다, 전하."

"내가 읽은 책 속에서 '권력자에게 질문할 수 없는 사회는 민주주의가 아니다.'라고 했어요. 권력을 가진 사람은 언제나 질문에 대답해야 해요. 무례한 질문은 없어요."

언젠가 미래의 미국 기자가 쓴 책에서 읽었던 구절이었다.

권력자에게 질문하지 못하는 사회는 투명하지 못하고, 권력자를 독재자(왕)로 만들 수 있다.

그렇게 되지 않기 위해 나는 그들의 질문에 대답할 준비가 언제나 되어 있었다.

내가 한 말에 자신감을 얻은 홍진 재판장은 그 후로도 자신이 가져온 산더미와 같은 서류에서 내 의견과 관련해 가지고 있던 궁금증을 질문했고, 나는 그의 질문에 성실히 답변했다.

어떤 부분에서는 내가 그를 이해시켜 내 뜻을 관철했고, 또 어떤 부분에서는 내 뜻을 철회하고 홍진 재판장이 가져온 평리원의 뜻대로 바꾸었다.

내 뜻이 바뀐 대부분은 법문의 뜻이 해석에 따라 모호할 수 있는 부분이거나, 아니면 다른 법과 처벌이 중복되는 부분이 많았다.

"긴 시간 답변해 주셔서 감사합니다, 전하."

조회가 끝나고 시작된 홍진 재판장과의 대화는 점심을 먹고, 오후 늦은 시간이 되어서야 끝났다.

홍진 재판장과 의견을 나누는 사이에도 내 의견을 필요로 하는 사안들이 있었는데, 최지헌이 의견을 받아 와 내 의견을 해당 부서에 전달하는 방식으로 최대한 홍진 재판장과의 대화를 끊지 않으려 노력했다. 그 때문에 조금 더 늦은 시간에 끝났다.

"좋은 결과가 나와서 다행이네요."

"전하께서 평리원의 뜻을 생각해 주셔서 그렇습니다, 전하."

"제가 의견 제시는 했지만, 법은 평리원의 분들이 전문가이니까요. 전문가의 의견이 가장 정확하지요. 이제 논쟁적인 부분은 거의 끝인가요?"

"임시 헌법이긴 하지만 헌법의 중심 맥락은 잡아야 제헌의회에서 소모적인 논쟁을 피할 수 있어 정리하느라 늦었습니다. 최종 정리와 위원회의 최종 논의를 거치면 한 달이면 공포할 수 있다고 생각합니다, 전하."

"앞으로 제헌의회에서는 평리원의 역할이 더 커질 것이에요. 듣기로는 평리원 소속 판사 중 두 명이 경상도와 강원도 지역으로 출마를 하신다고요?"

"아직 제게 출마 의사를 밝히신 분은 없습니다. 법무위원과 논의하기로는 두 명에서 최대 세 명일 것으로 예상합니다, 전하."

"홍진 재판장께서는 출마하지 않으시나요? 임시정부에서 국무령과 두 번의 의정원 의장을 지냈다고 들었는데……."

독립 이후 정부가 되는 내각의 중심은 몽양과 백범 두 사람 중 국민의 선택을 받는 한 명이 될 거라 생각했지만, 법을 만들어야 하는 제헌국회의 초대 제헌의회 의장은 내심 홍진을 생각하고 있었다.

"고령이다 보니 고려하지 않고 있습니다, 전하."

65세. 현대에서도 적지 않은 나이였지만, 이곳에서는 장수한 나이였다.

특히 오랜 독립운동으로 떠돌이 생활을 했던 그의 건강이 염려되기는 했다.

하지만 임시정부의 임시 의정원에서 3선의 의원 생활과 두 번의 의장 선출 그리고 법무총장을 비롯해 국무령까지, 임시정부의 주요 요직을 다 거친 만큼 정무적인 감각이 있으리라 기대했다. 특히 법관양성소를 졸업하고, 판사와 검사로 재직한 경험까지 있으니 헌법을 만들어야 하는 첫 제헌의회의 의장으로 가장 적합하다고 생각했다.

"고향이 충청도시죠?"

"그렇습니다, 전하."

"충청에서 출마하시면 당선은 그리 어렵지 않으실 것 같은데요. 이범석 참모장이야 지청천 사령관을 통해 우회적으로 군인의 삶을 사시겠다고 말씀하셨으니……. 제 기억으로는……."

임시정부에서 활동했던 사람 중 마땅히 충청도의 거물이 떠오르지 않았다.

이범석 장군의 고향이 충청도이기는 하나 이미 출마할 생각이 없음을 전해 왔었고, 임시정부 내각을 거친 사람으로 떠오르는 분은 석오 이동녕 전 임시정부 주석이었으나, 그분은 안타깝게도 40년에 폐렴으로 돌아가셨다.

또 만해 한용운도 있었지만, 그분은 불교에 귀의한 몸이라 정치에 나설지는 미지수였다.

그 외에 몇 명이 더 떠오르기는 했으나, 위원회 소속에 거물은 없어 홍진 재판관이 충청도 어느 지역구에 출마하든 당선은 유력해 보였다.

"훌륭한 분들이야 많이 있습니다. 그리고 전하께서 임시 정부를 연합국의 일원으로 만드신 이후 지금까지 하신 일을 보면서 제 능력의 한계를 보았습니다. 지금 임시 헌법을 만드는 일에 제 능력을 쓸 수 있다는 것에 만족하고 있습니다, 전하."

"그래도……."

홍진 재판장 이외에는 마땅히 제헌의회의 의장으로 생각했던 사람이 없었는데 그가 거절하니 아쉬웠다.

"법무위원에게 제헌의회 불출마를 말씀하셨다고 들었습니다. 그때 하셨던 전하의 말씀을 법무위원에게 전해 들었는데, 그중 대한국 근대 헌법의 아버지라는 말이 제 가슴을 울렸습니다. 저 역시 이후 평리원의 수장이 아니더라도 자리에 연연하지 않고, 한 사람의 법학자이자 판사로 끝까지 평리원에 남겠습니다. 또한 이번 제헌의회의 선거법을 만드는 데 관여한 제가 출마한다는 건 이치 맞지 않습니다, 전하."

성재를 설득하기 위해 했던 말이었는데 그 말이 이번에는 홍진 재판장의 진로를 바꿨다.

물론 회귀하기 전 홍진 재판장에 대해 정확히 알지 못했고, 그가 해방이 이후 어떤 삶을 살았는지도 완벽히는 몰랐다.

과거에도 홍진 재판장은 정치보다는 헌법을 만드는 데 손을 보탰을지도 몰랐고, 아니면 정치를 했을지도 몰랐다. 또 아니면 귀향하여 여생을 보냈는지도 몰랐다.

어느 길인지는 몰랐으나, 내 기억 속에서 1공화국의 전면에 있었던 사람은 아니었다.

"내심 홍진 재판장을 제헌의회 의장으로 생각하고 있었는데 아쉽네요."

"그리 큰 그릇이 아닙니다, 전하."

"아니에요. 이미 살아오신 세월만으로도 그것을 충분히 감당할 분이라고 생각해요. 너무 자신을 깎아내리지 마세요."

"높게 봐주셔서 감사합니다, 전하."

"제헌의회라 해도 임시 헌법을 구성하신 분이니 무시하진 못하겠지요. 성재와 함께 대한국 근대 헌법의 아버지로서 아이들을 잘 부탁드립니다."

"전하의 말씀 가슴 깊이 새기겠습니다, 전하."

4장

　홍진 재판장이 나가고, 최지헌을 통해 독리를 호출하고 고민에 빠질 수밖에 없었다.

　모든 제헌 의원을 내 사람으로 앉힐 생각은 없었지만, 그대로 기본적인 영향력은 가지고 있어야 했다.

　제헌의회에 강경 민족주의자나 강경 사회주의자가 아닌 제헌의회의 중심을 잡아 줄 사람이 있어야지 좌우 대립이 심해질 앞으로의 몇 년을 헤쳐 나갈 수 있다고 생각했다.

　몽양, 백범과 함께 홍진도 중요한 카드 중 하나가 되겠다고 판단했었는데 틀어졌다.

　"홍진 재판장이 불출마 의사를 전해 왔어요."

　고민에 빠진 사이 독리가 도착했고, 자리에 앉자마자 그에게 말했다.

"재판장도 말씀이십니까, 전하?"

"네, 생각도 하지 못했는데 성재를 불출마시킨 게 홍진의 귀에까지 들어갔나 보네요. 우리와 결이 맞는 사람으로 제헌 의회에서 주도권을 쥐고 이끌어 줄 명망 있는 헌법학자를 찾아야겠어요. 삼인은 어떤가요?"

삼인은 일제 치하에서 3대 민족 인권 변호사로 불린 세 사람, 가인 김병로, 애산 이인, 긍인 허헌을 뜻했다.

"아직 소재가 파악되지 않았습니다. 그리고 초대 제헌의 장을 맡기에는, 일전에 말씀하셨던 대로 세 사람 모두 일본 메이지 대학에서 유학한 사람들입니다. 그 시절의 상황이 그 랬으니 어쩔 수 없으나 일본에서 수학했다는 사실은 변하지 않습니다, 전하."

처음 홍진 재판장을 제헌의회 의장으로 생각했던 이유 중에 대한제국의 법관양성소 출신에 임시정부에서 활동한 독립운동가라는 이유도 있었다. 일제 치하에서 법조인이 되기 위해서는 선택의 여지가 없이 일본의 대학을 나와야 했지만 초대 제헌의회 의장의 상징성을 생각해 되도록 일본과 관련이 없는 사람이었으면 좋겠다고 생각했다.

"심전 김익진 선생은 어떤가요?"

"함흥지방법원에 있을 때 의친왕 전하와 친분이 있으셨다고 알고 있습니다. 제국익문사의 기록에 의하면 청렴하고,

강직한 사람으로 파악되어 있습니다. 하지만 그도 경성전수학교를 나와 일본 아래에서 판사 생활을 했습니다, 전하."

독리는 심전 김익진의 과거를 말하며 우회적으로 반대 의사를 비쳤다.

국외로 망명해서 활동했던 사람이 아니고는 마땅한 사람을 찾기가 힘들었다. 한반도 안에서 법을 배운 사람은 법관양성소 시절에 졸업한 사람을 제외하고는 우리의 기준에 부합하는 사람이 없었다.

아니, 법관양성소 출신이자 현재 평리원 소속으로, 판사로 임시 헌법 제정에 기여하며 총선거에 출마할 것으로 생각되는 세 사람은 기준에는 부합했으나, 우리와 결이 조금 달랐다.

두 명은 김구와 친밀한 사람이었고 한 명은 임시정부 내 야당으로 활동했던 사람으로, 과거 상하이고려공산당에서 활동하며 여운형과 친밀한 관계를 맺은 사람이었다.

결국, 세 사람 모두 출마해 당선된다 해도 제헌의회에서 우리의 뜻대로 중심을 잡아 줄지는 확신할 수 없어 고려하지 않았다.

"홍진 재판장을 말렸어야 했는지도 모르겠네요."

아무리 생각해도 마땅한 사람이 떠오르지 않아 한숨 쉬며 말했다.

"아닙니다. 제헌의원 선거까지는 아직 시간이 많이 남아 있습니다. 그 전에 법관양성소의 졸업생 명단과 제국익문사의 기록을 확인해 적합한 인물을 찾아내겠습니다, 전하."

이제 막 전쟁을 시작한 상황이고, 총선거를 진행하기까지는 엄청난 시간이 남아 있었다.

하지만 제헌의회 의장으로 만들자면 백범과 여운형의 동의도 필요했고, 선거에서도 당선돼야 하며, 특히 나와 뜻이 같은지 오랜 시간 의견을 주고받아야 해서 이 모든 것을 고려하면 그리 여유롭지는 않았다.

이 부분들이 모두 충족되는 사람인 홍진 재판장이 있어서 크게 신경 쓰지 않고 성재에게도 불출마를 권유할 수 있었는데, 홍진 재판장이 이렇게 나오니 성재에게 불출마를 권유한 게 실수인가 하는 생각까지 들었다.

"독리께서도 잘 아시겠지만, 우리가 여유롭게 선거를 준비할 수는 없어요. 이 전쟁이 끝나고, 1년 안에 총선거를 치러야만 마르크스─레닌주의자들이 조직을 정비하기 전에 선거를 진행할 수 있어요."

"문제가 생기지 않도록 준비하겠습니다, 전하."

임시 헌법 제정을 전쟁 중에도 멈추지 않고 서두르는 가장 큰 이유는 독립 직후 1년 안에 총선거를 치러야 하기 때문이다.

지금 지식인이라 불리는 사람 중 대부분은 사회주의, 공산주의 사상을 지지했고, 전쟁이 끝난 후 한반도로 들어와 각 지역으로 흩어지면 위원회의 생각대로 총선거가 진행되지 않을 수도 있었다.

안전장치로 민주주의를 올바르게 알리는 정치교육도 실행할 예정이었지만 완벽한 안전장치는 아니었다.

자칫 잘못해 선거에서 몽양과 백범이 과반에 실패하거나 두 사람이 완전히 갈라선다면, 아주 머리 아픈 상황이 나올지도 몰랐다.

혹시라도 미국이나 소련에서 우리나라 선거에 몰래 관여하려 들면 순식간에 내가 생각했던 나라와 완전히 달라질 수도 있었다.

"삼인과 심전 선생의 소재는 언제쯤 파악될까요?"

"가능성이 높은 지역부터 확인하고 있으나 투입된 인원이 한정적이라 확답을 드리기는 힘들지만, 빨리 파악할 수 있도록 독려하겠습니다, 전하."

"요원들도 한 번에 많은 일을 진행해 피곤할 텐데 너무 밀어붙이지는 마세요."

"알겠습니다, 전하."

해가 뜨지 않은 새벽 성재를 만날 때와 마찬가지로 치안대의 도움으로 조용히 위원회관을 벗어났다.

"전하, 간밤에 발생한 소요에 대한 서류입니다."

차가 출발하자 최지헌은 서류 하나를 내게 건넸다.

"소요?"

"어제 오후 신의주부에서 큰 소요 사태가 있었습니다. 정확히는 압록강의 철교 옆에 연합군에서 설치한 도하교에서 소요 사태가 있었습니다, 전하."

최지헌의 설명을 들으며 건네받은 서류를 살폈다.

압록강 철교는 평양 이북에 있던 일본군과 일본인이 모여 철수하며 파괴했는데, 철교를 완전히 폭파한 게 아니었다.

배가 지나기 위해 설치된 회전형 개폐 장치가 있는데, 이 장치를 회전시켜 열어 놓은 상태에서 폭파해 우리가 압록강 철교를 사용하지 못하게 만들었다.

부품과 장비만 있다면 하루면 고칠 수 있는 수준이었지만, 지금은 그 장비와 부품이 없어서 패튼 장군이 이끄는 기갑부대와 대한군 1사단이 힘을 합쳐 압록강 철교 옆에 도하교를 설치해 도하했다.

"해당 지역에 우리 군이 얼마나 있나?"

"도하교를 지키기 위해 남은 1사단 소속 백이소 소대장의 한 개 소대가 남아 있고, 의주와 신의주부에서 모인 의용대義勇隊 대원 쉰 명이 있습니다. 적군은 150명 정도로 파악했습니다, 전하."

의용대는 우리 군이 점령된 각 지역에서 지원받아 만든 임시 부대로, 지역마다 편차가 있지만 상당한 숫자가 모집된 상태였다.

1차로 모집된 인원 중 절반은 해당 지역에서 치안대나 군과 연계해 치안 유지에 투입되었고, 나머지 절반은 서울로 소집되어 임시 훈련소에서 기초 군사훈련을 받았다.

그 훈련을 받은 1차 훈련생이 며칠 뒤면 훈련을 수료하고 각 지역으로 배치될 예정이었고, 이후 나머지 절반의 인원과 새로 모집한 인원도 각 지역에 설치될 임시 훈련소에서 교육할 예정이었다.

"1차 교전에서 적군 46명이 사망했다고 적혀 있으니, 이제 1백 명 정도가 남은 건가?"

"그렇습니다, 전하."

"우리 군의 숫자가 적은데 잘 막았군."

"우리 군이 도하교 방어를 위해 구축한 진지에서 싸웠습니다. 또한, 우리 군은 개런드 소총과 톰슨 기관단총으로 무장했고, M1919 A1 2정까지 배치되어 있습니다. 게다가 압록강 철교 중앙에 양쪽 모두 조준할 수 있는 M1 3인치 박격포가 2문 배치되어 있습니다. 의용군은 총기가 부족해 5정의 개런드 소총밖에 보급하지 못했지만, 일본군에게 노획한 아리사카 소총을 45정 지급해 전원 무장을 마쳤습니다. 일본인 무리는 1차 교전에서 아리사카 소총으로 무장하고 접근했는데, 우리 군의 일방적인 화력으로 제압했습니다. 이후 백이소 소대장의 판단으로 추격하지 않고, 이후에 있을 기습을 대비해 정비에 들어갔습니다, 전하."

"지원군은 출발했는가?"

"교전이 끝난 후 보고가 올라온 시간이 밤 7시였습니다. 지청천 총사령관에게 보고가 올라갔고 알렉산더 사령관과 협의해 밤 10시쯤 서울역에서 특별편성 편을 통해 의주로 급파되었습니다. 배치된 인원은 2사단 소속의 훈련소 교관 두 명과 서른 명의 의주의용대 출신 수료생입니다, 전하."

"수료생? 아직 훈련이 안 끝나지 않았나?"

훈련소 1기 수료식은 아직 며칠 남아 있었다. 나와 위원장, 부위원장이 모두 참석해 격려하기로 예정되어 있어서 잘 알고 있었는데 수료생이라고 말해 물었다.

"정확히는 수료생은 아닙니다. 정식 수료까지는 시간이 남았으나, 어제저녁 지청천 장군의 명으로 훈련 중이던 훈련병 중 의주의용대 출신의 훈련병 서른 명을 선발 후 임시 부대를 편성해 급파했습니다."

"알겠네. 그럼 어제 1차 교전 이후 대치 상태가 유지되고 있는 건가?"

"우리 군의 숫자가 부족해 소탕 작전이나 나포 작전은 수행하지 못했고, 진지 방어에만 집중했습니다. 제가 나오기 전까지 전보가 없는 것으로 보아 전투가 더 일어나지는 않은 듯합니다. 어제저녁 10시에 출발한 증원군이 아침이면 도착할 테니, 그들과 함께 소탕 작전을 개시할 것으로 보고 있습니다, 전하."

"알겠네."

내가 직접 나설 일은 없었다. 군 내부에서 이미 작전을 진행한 상태고, 오전 조회에서 조성환 군사위원이 보고할 때 의견이 있으면 전달하면 될 것 같았다.

최재헌의 설명을 듣는 사이 위원회관을 빠져나온 차는 서울역을 지나, 한강철교 방향으로 향하다 우회전했다.

그리고 얼마 안 돼 옛 경성감옥으로 불렸던 곳에 도착했다.

지금은 경성감옥이 아닌 마포형무소가 공식 명칭이었고, 차에서 내린 내 앞에 치안대 소속의 마포형무소장이 기다리고 있었다.

그의 인사를 받고 그를 따라 쪽문을 통해 형무소 안으로 들어가니 주변에는 아무도 없었다.

"조용하네요."

"이곳은 공식적으로 사용하는 문이 아니어서 그렇습니다. 원래 근무자 두 명만 근무하는 곳인데, 류건율 치안대장의 명령으로 철수한 상태입니다, 전하."

"공식적으로 사용하는 문이 아니라고요?"

형무소장의 말을 들으며 주위를 둘러보니 진짜 음산한 느낌이 드는 곳이었다.

문으로 들어오면 바로 앞에 있는 건물의 벽에는 이상할 정도로 창문 하나조차 보이지 않았다.

"창문이 하나도 없어서인가……. 뭔가 이상하네요."

"원래 이곳은 시체가 나가는 문입니다, 전하. 형무소 내에서 생긴 시체를 처리하기 위해 만든 문으로, 창문이 없는 것은 이쪽 벽으로는 빛이 들지 않는 독방과 고문실이 위치해 있어서입니다. 고문하다가 생긴 시체는 저쪽 작은 문으로 내와 전하께서 들어오신 쪽문을 통해 버려지게 됩니다. 창문과 배치를 이렇게 한 이유는 시체를 수용되어 있는 수용자가 보게 되면 폭동이 일어날 것을 우려했기 때문이라고 들었습니다, 전하."

"죽음의 길이네요."

들어오면서 느꼈던 음산한 기운의 정체를 알 수 있었다.

하지만 이 감옥은 일본이 만든 것이었고, 그 음산한 게 느껴지던 기운은 우리 선열先烈의 기운이라고 생각하니 처음과 다르게 음산하기보다는 슬픈 감정이 올라왔다.

"이런 길로 모시게 되어 송구합니다. 하지만 류건율 대장이 최대한 은밀히 만나실 수 있게 준비하라 해서 이런 누추한 곳으로 모셨습니다. 송구합니다, 전하."

형무소장은 시체가 지나는 길로 나를 안내해 내가 께름칙하게 생각한다고 봤는지 고개를 숙이며 말했다.

"아니에요. 우리 선열들의 슬픔이 묻어 있는 곳이네요. 누추하지 않으니 마음 쓰지 마세요."

주위를 둘러보고, 형무소장의 안내에 따라 한쪽에 있는 건물로 향했다.

그 건물은 쪽문의 감시를 위한 곳인지 쪽문 방향으로 큰 창이 나 있었고, 작은 문이 있었다.

아직 불을 켜지 않았는지 창에는 불빛 하나 보이지 않았다.

"아직 안 오셨나요?"

"아닙니다. 안에서 기다리고 계십니다, 전하."

형무소장이 직접 문을 열어 주었다. 안으로 들어가자 작은 방에는 불이 켜져 있었고 근무자가 쓰는 작은 책상 하나와 의자 세 개가 놓여 있었다.

창문에서 빛이 보이지 않았던 건 검은색 두꺼운 천으로 창문을 가려 놔서였다.

세 개의 의자들 중 두 개는 방의 중앙에 나란히 놓여 있었는데, 그중 하나에 아버지 의친왕이 앉아 계셨다.

"우야, 이리 와서 앉아라."

"아버지, 그간 평안하셨습니까?"

사동궁 사격장에서 중경으로 떠나는 나를 위한 예포를 쏜 이후 처음으로 얼굴을 보고 인사하는 것이라 예를 갖춰 인사를 드렸다.

"그리 예를 갖출 것 없어. 너는 이미 이 나라의 군주다. 야인에게 너무 큰 예를 하는 것도 법도에 어긋나."

"아들이 아버지에게 드리는 문안 인사입니다. 그간 평안하셨습니까?"

"치안대에 소일거리를 부탁해 받아 하니 심심하지 않고 편안하였지. 이곳도 다 사람 사는 곳이고, 네 사람들이 편의를 봐주고 있으니 걱정하지 말거라."

의친왕은 웃으면서 말했지만, 그의 얼굴에 묻어 있는 피곤함은 형무소 생활이 마냥 편하지만은 않음을 알려 주었다.

물론 의친왕이 어떤 사람인지 다들 잘 알았고, 특히 치안대의 지휘부에 있는 제국익문사 출신 요원 중에는 의친왕을 존경하는 사람도 많아서 특별한 핍박 같은 것은 없겠지만, 형무소라는 존재 자체가 주는 불편함은 어쩔 수 없어 보였다.

"아버지를 찾아뵙는 것은 드러내도 상관없는데, 어찌 은밀히 부르셨습니까?"

"나와 공식적으로 만나는 것은 이 나라가 자리 잡고, 내 재판이 모두 끝난 후에 해도 늦지 않는다. 지금은 나라를 팔아먹은 부역자로 조사받고 있으니 공식적으로 만나는 건 좋지 않아. 내가 너를 은밀히 부른 건 사람을 부탁하기 위해서다."

"말씀하십시오."

"혹시 대동단을 기억하고 있느냐?"

대동단은 지금 나와 함께하는 김의환의 아버지 동농 김가
진이 총재로 의친왕이 고문으로 국내에서 활동했던 독립운
동 단체였다.

김가진 총재를 임시정부로 탈출시키고, 의친왕을 임시정
부로 탈출시키려 했던 단체였다.

의친왕 탈출 사건이 일본에 발각되어 실패한 이후 대대적
체포 작전으로 국내 세력이 와해되었고, 의친왕보다 조금 먼
저 탈출한 김가진 총재가 임시정부에서 활동하며 명맥만 이
어져 온 단체였다.

"네, 기억하고 있습니다. 아버지를 임정으로 모시려 했던
단체가 아닙니까?"

"네가 예닐곱 살 때쯤이었는데, 잘 기억하고 있구나."

대동단 관련해서는 역사 공부를 하며 배웠고, 또 원래의
이우 공도 어린 시절을 기억한다기보다는 이후에 신문과 주
변 사람을 통해 들은 이야기였다.

"기억한다기보다는 알고 있는 게 맞을 것입니다."

"그래, 네가 이런 일을 알기에는 너무 어렸지. 그 대동단
에는 두 명의 중심이 있었다. 대한제국의 대신 출신이었던
김가진이 정신적 지주였다면, 대동단의 손발이 되어 직접 행
동했던 사람은 나창헌羅昌憲이란 친구야."

"나창헌이란 분은 제가 잘 알지 못합니다. 임시정부에 있
으셨습니까?"

김가진은 임시정부 초기에 대한제국의 대신까지 지냈다. 게다가 일본에 남작이라는 귀족 위까지 부여받았던 사람이 경성을 탈출해 임정에 합류한 일은 신문 몇 장만 뒤져도 나오는 내용이었고, 그의 아들인 김의환을 보고 나서 다시 한 번 읽은 내용이라 잘 알았다.

 그런데 다른 한 사람, 나창헌이란 사람은 잘 알지 못했다.

 혹시 임시정부 인원과 함께 서울로 들어와 활동 중인가 해서 물었다.

 "아니, 이 친구는 병자년(1936년)에 병환으로 중국에서 죽었어. 내가 부탁하고자 하는 사람은 그가 아니라 그의 딸이야. 아직 나이가 어려 내가 가끔 챙기고 있었는데, 미처 다른 사람에게 부탁하지 못하고 들어와서 걱정되는구나."

 "나창헌이란 분과 각별하셨던 것 같습니다."

 "기미년(1919년) 이후에 직접 보지는 못했어도 나를 위해 목숨을 걸었던 친우였어. 그가 아니었다면 상해로 갈 용기를 내지 못했을 거야. 내가 챙기고 있다고 해도 일제의 감시가 있어 제대로 된 도움을 주지는 못했어."

 "주소를 알려 주시면 제가 직접 그 아이를 챙기도록 하겠습니다."

 "아니야, 직접 챙기는 것보다는 사람을 보내서 사동궁으로 데려 주기만 하면 충분해. 가는 사람에게 평길 삼촌이 보냈다고 하며 이 편지를 건네주면 잘 알 거야."

의친왕은 양주군의 주소가 적힌 종이 한 장과 편지 봉투 하나를 내게 건네주었다.

사동궁에는 의친왕의 아직 어린 아들, 딸, 내게는 동생과 이복동생인 아이들이 있었다.

의친왕의 말대로 내가 직접 챙기는 것보다는 아이들과 함께 지내는 것도 괜찮으리라 생각했다.

"특별히 어려운 일은 없느냐?

내가 편지를 갈무리하자 의친왕이 물었다.

"사람이 부족한 것을 제외하고는 없습니다."

"긴 세월이었으니…… 별수 있느냐."

"아버지, 혹시 삼인이나, 심전 김익진을 알고 있으십니까?"

혹시나 하는 생각으로 물었다.

삼인과 김익진 네 사람은 한반도 내에서 꾸준히 활동해 임시정부의 사람들과 인연이 부족했고, 몽양과는 서로 얼굴은 알고 있었으나 친밀한 친분이 없어 연락이 닿지 않았다.

제국익문사도 기본적인 조사는 진행하였으나, 부역 행위가 없어 자세히 조사를 해 두지는 않아서 그들을 찾아내는 데 조금 어려움을 겪고 있었다.

"다들 잘 알고 있지. 조선 팔도에 그들을 모르는 대한인이 있느냐?"

의친왕은 미소 지으며 대답했다.

"그들의 소재를 파악하기 위해 노력하였는데, 찾을 수가 없습니다. 혹시 그들의 소재를 알고 계십니까?"

"이인과 허헌, 김익진은 바람 같은 사람들이니 억울한 이를 찾아 헤매고 있을 테고, 가인이야 어디 산촌에서 땅과 씨름하고 있겠지."

"땅과 씨름요?"

법학과를 나온 변호사에게 땅과 씨름이라는 단어가 어울리지 않아 놀라며 되물었다.

"일본에 찍힌 사람이 조선 팔도 안에서 살아가자면 할 수 있는 게 뭐가 있겠느냐? 나처럼 마르지 않는 돈줄이라도 쥐고 있다면 한량으로 살아갈 테고, 아니라면 땅이라도 파서 먹고살아야지."

"아직 살아는 계십니까?"

이인, 허헌, 김익진 세 사람은 비교적 최근까지도 변호사로서 활동한 기록이 있었지만, 가인 김병로는 1932년부터 공식적인 기록이 전혀 없었다.

마지막 공식 기록은 조선총독부에 의한 변호사 정직 처분이었다.

제국익문사 기록도 정직 이후 몇 달 동안 경성의 본집에 머물며 독립운동가를 지원하다 일제의 감시를 피해 가족들과 함께 사라졌다는 게 마지막이었다.

보통 이렇게 사라지면 해외로 이동해 독립운동에 투신하

는 경우가 많았는데, 그는 그 이후로 10년 동안 아무런 행적이 발견되지 않았다.

"나이야 많이 들었겠지. 그래도 나보다 10년이나 어려. 내가 이리 살아 있으니 그도 살아 있을 게야. 몇 달 전에도 아이가 그 집에서 보리쌀을 얻어먹고 내가 준 콩과 고구마를 전했다고 했으니 잘 살아 있을 거야."

10년 동안 세상을 등진 사람을 의친왕은 어제 만난 친구를 말하는 것처럼 말했다.

"도대체 아버지는 얼마나 많은 사람들과 교류하신 겁니까? 미리 말씀해 주셨으면……."

의친왕에게 항상 받기만 했지만, 아버지이기 때문인지 가인을 알고 있음을 미리 알려 주지 않았음이 서운하게 느껴져 투정하듯 말하는데 의친왕이 탄식하며 내 말을 잘랐다.

"우야…… 우야…… 네가 살아온 세월과 내가 살아온 세월이 다르지 않으냐? 난 되도록 나와 함께한 사람이 나를 통해 너와 만나는 것을 그다지 원하지 않는다. 나를 통해서 만나면 결국 너에게 도움보다는 해가 되는 게 많아."

의친왕의 탄식에 뒤에 더 말하려던 입을 멈추고, 아무런 말도 하지 못했다.

"과거에 대한 결벽이겠지……. 그건 어찌 보면 필요할지도 모르겠구나……. 하지만 그는 네가 생각한 곳에 쓰일 수 있는 사람이 아니야. 가인 그 친구는 너무 올곧아. 그 친구에게 어울리는 건 판사다. 그 이상을 바라본다면 휘어지지 않고, 부러질 거야."

의친왕이 가진 혜안은 감옥에 있는 지금도 전혀 무뎌지지 않았다.

나와 나눈 몇 마디와 형무소에서 들은 정보로 과거에 대한 결벽 그리고 삼인과 가인을 찾는다는 이 두 문장으로 내가 왜 법조인을 물어보며, 또 지금 위원회에 인재를 등용하는 원칙도 이미 알고 있었다.

"가인은……. 아닙니다, 아버지."

가인이 있는 곳을 묻고 싶었다. 하지만 아버지가 말하기 전에 더 묻는 것은 좋은 방법이 아니란 생각이 들어 말을 삼켰다.

가인을 찾을 방도가 아예 없는 건 아니었다.

아버지는 이미 내 질문에 대답하며, 아버지가 살피는 아이, 나창헌의 딸에 관해 이야기했고, 그 아이를 통해 가인 김병로와 이어질 줄이 있음을 에둘러 말해 줬다.

"후……. 네가 찾고 있는 사람이 의회에서 중심을 잡아 줄 이라면 조소앙을 추천해라. 그가 일본에서 대학은 나왔어도 내 아버지가 이 나라의 근간이 될 법학자를 만들기 위해 보낸 것이니, 네가 생각하는 원칙과 크게 어긋나지 않을 것이다. 우리나라의 주춧돌로 키워진 많은 사람이 일본의 개가 되었지만, 변하지 않은 사람들은 진정으로 대한인을

위해 충정을 바친 사람들이야. 그의 집안사람이라면 믿을
수 있다."

의친왕은 긴 한숨 끝에 말을 이어 나갔다. 차마 말해 주기
싫으나 어쩔 수 없다는 듯 작은 목소리였다.

"알겠습니다, 아버지."

조소앙의 추천에 조금 놀라기는 했다.

임시정부에서 외무부장으로 마지막 임시정부의 내각에 있
었던 사람이지만, 임시정부에서 내가 직접 미국, 프랑스와
접촉해 외교 활동으로 성과를 낸 이후로는 자신이 맡아 했던
외교 관련 일에서는 손을 뗐다.

그러곤 귀국 후 위원회의 공직을 맡지 않으며 위원장과 부
위원장의 사이를 오가며 이견을 조율하거나 조언을 해 주고
있었다.

정치를 해 왔던 사람이라 다음 선거를 준비한다고 생각했
는데 의친왕은 그 사람을 추천했다.

"네가 고생한다는 것은 잘 알고 있다. 네 형이 저 멀리서
너에 대해 뭐라 떠드는지도 들었다. 황실의 모든 죄업을 네
가 지고 간다는 것도 잘 알고 있어서 미안하구나. 내가 해 줄
수 있는 것은 과거의 모든 연결 고리를 끊어 주는 게 마지막
이다. 새 술은 새 부대에 담아야지."

더는 도움을 바라지 말라는 선고였다. 자신이 해 줄 수 있
는 건 과거 황족으로 일본에 빌붙어 호의호식했던 사람들이

다시 환국한 황실에 빌붙어 살 수 없게 하는 게 끝이라고 선언했다.

"……감사합니다, 아버지."

"그래. 그리고 사동궁은 내 대가 마지막이야. 아이들이 살 수 있을 만큼만 남겨 두고, 모두 네가 가져가거라. 내가 나가더라도 황족으로서의 삶은 살지 않을 터이니."

"아, 아버지! 어찌 그리 말씀하십니까?"

"오래도 호의호식했어. 이제 자유국가의 자유민으로서 살아가야지. 네겐 미안하다만 자유인으로 살면 내 능력이 부족할 터이니, 네 동생들의 공부와 좋은 혼처를 찾아 결혼시키는 것만 해 주거라. 내가 준 유산의 책임이라 생각하고."

"……죄송하지만 저는 의친왕 전하의 아들이 아니니 유산을 받을 수 없습니다. 동생들에게 나눠 주십시오."

어떤 핑계로 거절할지 생각하다가 의친왕도 나도 잠시 잊고 있었던 부분이 떠올라 웃으며 대답했다.

엄연히 따지면 내게는 사동궁을 물려받을 지위가 없었다.

평소 아버지와 아들로 대화했지만, 호적상 나는 흥선대원군의 장손 이준용의 아들이었고, 운현궁의 주인이다.

아버지 의친왕과 나는 5촌 당숙과 재종질 간의 친척이었다.

아버지도 내 말이 거절의 뜻임을 알았는지 어처구니없는 표정으로 말했다.

"감옥에 있는 아비는 아비도 아니란 거냐?"

"5촌 당숙 어른의 재산을 재종질로 어찌 탐할 수 있겠습니까, 당숙 어른."

"안 받겠다니 알겠다. 내가 나가 직접 국가에 봉납해야겠구나."

"국가에서 받지 않을 것입니다. 재종형제, 자매에게 잘 나눠 주십시오."

"그만하자. 이건 나중에 다시 얘기하고, 바쁠 터인데 그만 가 보거라."

"가 보겠습니다. 옥중이지만 부디 보중하십시오."

아버지에게 인사를 드리고 나가려다 중경에 있으며 궁금했던 부분이 생각나서 다시 뒤돌아 물었다.

"근데 아버지, 진짜 궁금했던 부분인데, 아버지에게 돈이 나올 곳은 없었다고 들었는데, 일본의 감시 아래에서 어떻게 그리 큰돈을 움직이셨습니까?"

의친왕은 일본의 감시 아래에서도 자신과 인연 있는 엄청난 숫자의 사람을 도왔고, 성재를 통해 들은 바로는 임시정부가 수립된 초기부터 꾸준히 돈을 보냈었다고 한다.

그런데 아버지의 재산은 모두 일본의 감시하에 있었고, 부동산을 마음대로 처분할 수도 없었다.

나처럼 순종에게 비밀리에 받은 자금 같은 게 아닌 이상 일본의 감시 아래에서 어떻게 그리 큰돈을 만들 수 있었는지가 궁금했다.

"하하, 그것 말이냐? 내가 술과 계집질, 도박을 좋아하는 건 모두 알고 있지? 도박이야 도박판에서 어느 놈이 돈을 따 가도 이상하지 않고, 일본으로선 내가 독립 활동이 아닌 술과 계집질, 도박에 빠져 있으니 무한정으로 돈을 지급해 주었지. 그게 제 목을 죄어 오는지도 모르고 말이야! 하하! 내 할아버지가 그렇던 것처럼 감시가 심할 때 파락호破落戶라는 가면은 아주 좋은 가면이야."

의친왕은 호탕하게 웃으며 대답했다.

파락호, 오랜만에 듣는 말이었다.

이우 공에겐 증조할아버지가 되는 흥선대원군도 조정의 감시를 피하려고 파락호로 위장했고, 대를 걸러 의친왕도 천하의 파락호로 도박과 술, 여자에 빠진 연기로 일본의 돈을 독립운동하는 사람에게, 또 일제하에서 힘들게 살아가는 자신의 동료들에게 전해 주었다.

"아버지 같은 가면을 쓰고 있는 사람이 또 있었을까요?"

"많았겠지. 진짜 집안을 팔아먹은 파락호도 있었을 테고, 또는 큰 뜻을 위해 파락호가 된 사람도 있었을 테지. 이건 성재에게 물어보거라 임시정부의 돈줄을 죄고 있었으니 나보다 더 잘 알 테니까."

의친왕에게 다시 한 번 인사를 하고, 파락호 생활 때를 추억하며 웃으시는 웃음소리를 뒤로하고 나왔다.

갈 때처럼 은밀히 내 사무실로 돌아오니 일출이 막 시작될 때쯤 독리가 나를 찾아왔다.

"결과가 좋으셨던 것 같습니다, 전하."

사무실로 들어온 독리는 내 표정을 보고 웃으며 말했다.

"아버지께서 살아오신 세월에 감탄했어요. 마지막이라 하시긴 했으나, 도움도 받았으니 충분히 좋은 결과지요."

"대단한 분이십니다, 전하."

"나도 그렇게 생각해요. 아버지가 부탁한 아이가 있어요. 입이 무겁고 믿을 만한 친구를 보내서 사동궁으로 데려와 주세요. 양주군의 봉내미고개에 밤골이란 곳에 있는 아이인데, 평길 삼촌이 보내 왔다고 하며 편지를 보여 주라더군요."

의친왕에게 받은 사동궁 인장이 찍힌 편지를 독리에게 전해 주며 말했다.

"알겠습니다, 전하."

"그리고 그 아이에게 가인의 소재를 물으면 알고 있을 거예요. 어린아이일 테니 평길 삼촌이 보낸 콩과 고구마를 나눠 준 아저씨를 물어보면 알 거예요."

"말씀대로 하겠습니다. 산골이라 사람이 많지 않아 아이가 정확히 모른다 해도 금방 찾을 것입니다, 전하."

"그리고 아버지는 가인이 제헌의회 의장 재목은 아니라고 생각하시더군요."

"정보국의 의견도 동일합니다. 사람의 청렴함이야 의심치 않으나, 전하의 규칙에 어긋나는 사람입니다, 전하."

"아버지는 삼인과 심전 모두 마음에 두시지 않으셨어요. 오히려 위원회와 가까운 인물을 추천하시더군요."

"누구입니까, 전하?"

"조소앙, 조용은 전 임시정부 외무부장을 추천했어요."

"그는 전하께 독립 이후 정치에 관여하지 않는다는 칙서를 받아 간 자가 아닙니까, 전하?"

조소앙의 이름이 나오자 독리는 놀라며 조금 노기가 있는 목소리로 말했다.

"처음부터 생각했던 것이니 별다를 건 없어요."

"하나, 제헌의회 의장으로 전하의 뜻을 따라 줘야 하는 사람입니다. 이미 전하께서 그 사람에게 정치에 관여하지 않는다는 다짐까지 주신 상황에서 그가 제헌국회의 의장으로 앉으면 전하께서 생각하신 대로 나아가지 않을 것입니다, 전하."

"아버지께서도 그 부분은 잘 알고 계셨어요. 그걸 잘 알고 계신 분이 그를 추천했다는 건 내가 제헌의회에 관여하지 않는 게 좋다는 걸 둘러 표현하셨다고 생각해요."

의친왕의 조소앙 추천은 조소앙이 법학교를 나왔고, 임시정부의 첫 임시헌장과 임시의정원법을 제정하는 데 많은 영향을 미쳤고, 또 헌법과 관련된 이론가로 임시정부의 중심에 있었다는 점도 있었지만, 내가 미래의 제헌의회까지 너무 관여하는 게 아니냐는 의견도 포함되어 있었다.

그렇지 않고서야 조소앙을 선택할 수 없었다.

위원장이나 부위원장에게도 구두가 아닌 정치에 관여하지 않을 것임을 증명하는 대한제국의 국새가 찍힌 서류를 건네주지 않았다.

단 한 사람, 조소앙에게만 임시정부에서 입헌군주국으로 임시 헌법 개정을 위해 내가 직접 찍어 주었고, 이 이야기는 사람을 통해 의친왕에게도 전달되었다.

"하오나 전하……."

"아마 아버지께서는 지금 독립 전쟁을 수행하는 과정에서는 내가 관여하지만, 이후 정국이 지금보다 나아지고, 제헌의회가 수립된다면 대한인이 뽑은 의회에 모든 걸 넘겨주라는 뜻을 조소앙을 제헌의회 의장으로 추천함으로써 전달하신 것 같아요."

"……알겠습니다. 조소앙과 접촉하여, 의사를 확인하겠습니다, 전하."

5장

　중간에 잠시 잦아들었던 시간이 있지만 열흘 가까이 내리
던 비가 그치고, 강하게 불던 바람까지 멎었다.

　한반도와 일본 열도 사이에서 우리에겐 방어막을, 일본엔
불편한 장막이 되었던 두 개의 태풍이 지나가고, 하늘이 언
제 그랬냐는 듯 어느 때보다 파란 모습을 보였다.

　블라디보스토크에서 급히 공수한 야포가 남부에 파괴되지
않은 항구를 중심으로 설치되었고, 일본이 상륙할 수 있는
부산, 목포, 인천, 원산에 대한군 2, 3사단의 병력이 나뉘어
배치되었다.

　또한 일본이 노릴 수 있는 나머지 항구들도 정리를 하는
대로 야포와 병력을 배치하기로 했다.

미군은 남부는 부산을 거점으로, 북부에는 서울을 거점으로 나뉘어 어디로 상륙하든 빠르게 지원할 채비를 갖췄다.

"일본의 작전이 성과가 있다고요?"

"일본 내 여론을 잠재웠고, 상해를 비롯한 점령지도 여론이 잠잠해졌습니다. 일본의 발표를 신뢰하고 있는 듯 보입니다, 전하."

조간 회의가 끝나고 이어진 군무 회의에 중경으로 떠난 유리 제프리를 대신해 참석한 OSS의 요원이 대답했다.

"한반도를 탈환했고, 나를 체포 후 내 형인 이건과 대면해 거짓 인물임이 드러났으며 일본의 귀족 이우는 죽었다는 그 내용을 모두 믿고 있다는 건가요?"

이는 부산 근교와 압록강 등지에서 들을 수 있는 일본 본토 방송과 신경의 만주국 방송을 통해 며칠 전부터 흘러나오는 내용이었다.

"그렇습니다, 전하."

"어찌 그걸 신뢰할 수가 있는가? 신문에 사진이라도 실렸나?"

알렉산더 사령관은 이해가 되지 않는다는 듯 물었다.

"이건 소좌가 찍힌 사진과 함께 임시정부에서 내세웠다고 주장하는 사람의 사진을 호외로 뿌렸습니다. 이 호외를 통해 한반도 탈환에 성공했음을 대중이 믿는 데 힘을 실어 준 것으로 분석했습니다."

OSS 요원이 미리 나눠 준 자료 중에 신문에 관한 것도 있었다.

상해에서 입수한 신문이라 했는데, 그 사진에는 등지고 앉아 얼굴을 볼 수 없이 포승줄에 묶여 앉은 사람과 일본 육군의 제복을 입은 이건이 마주 보고 있었다.

그리고 그 옆에 일본 육군 제복을 입고 찍은 내 사진과 이들이 잡았다고 하는, 임시정부에서 내세웠다고 주장하는 '이우' 대역이 포승줄에 묶여 찍은 사진이 함께 찍혀 있었다.

사진으로 보면 이우와 포승줄에 묶인 이우는 비슷한 체격이지만 다른 얼굴의 사람이었다.

"대역을 믿는군요."

"무슨 생각인지 알 수가 없군."

"내부의 결속이 흔들리는 걸 방지하기 위함으로 보고 있습니다. 태국 북부에서 일어난 자유태국정부로 인해 태국 왕실이 일본을 바라보는 시선에 변화가 생겼습니다. 또한, 보르네오섬에서는 미국에서 지원한 툰 압둘 후세인이 세이크 아흐마드 타주 딘 브루나이 술탄을 강제 퇴위시킨 일본에 반발하고, 술탄을 지키며 자신들의 땅을 되찾는다는 명분 아래 세력을 규합해 세리아 유전을 파괴했고, 항만에도 일부 타격을 주었습니다. 특히 후세인 가문이 왕국의 방패란 칭호를 가지고 있고, 툰 압둘 후세인이 후세인 가문의 장자여서 반향이 크게 일어났습니다. 툰 압둘 후세인은 1차 공격 이후 탄타야 지역을 거쳐 탄마 네가라 지역의 밀림으로 빠져나갔습니다. 특히 탄타야 지역에 연금되어 있던 아흐마드 술탄이 지지 의사를 밝혀 주변의 일본군을 물리치고 합류해 세력이 더 커지고 있습니다."

"술탄이 합류했다고?"

"그렇습니다. 일본에 의해 대우는 받고 있었으나, 술탄의 자리에서 강제 퇴위된 이후 연금 상태였는데, 이번 작전 진행 중 소식을 듣고 비밀리에 합류 의사를 알려 와 기존 퇴각 경로를 변경해 탄타야 지역으로 우회해 합류했습니다."

놀란 알렉산더 사령관의 말에 OSS 요원이 대답했다.

"술탄이 합류했으면 일본군도 가만히 있지는 않을 텐데?"

"지금까지 파악된 바로는 남부에서 호주 방면에서 오는 연합군의 상륙을 방어하기 위해 남부로 배치되어 있던 보르네오 수비군 중 많은 병력을 북부로 재배치하기 시작했고, 보르네오 수비군의 사령부가 주둔해 있던 쿠칭에서 주요 부대가 이동을 시작했습니다. 해당 부대는 세리아 지역 유전의 재가동과 술탄의 합류로 커진 브루나이 독립군 소탕을 목적으로 한다고 파악 중입니다. 또한, 남태평양의 해군도 일부 세리아 지역으로 이동하는 것으로 확인했습니다."

"정유 시설이 파괴되었으면 지금 일본군이 보유한 기름이 얼마나 갈까요?"

미국에서 툰 압둘 후세인을 지원하고 타격한 가장 큰 이유는 이곳이 일본의 중요한 석유 공급지여서였다.

타격에 성공한 지금 그게 앞으로 얼마나 유지될지가 문제였다.

"아직 가장 큰 석유 생산 지역인 팔렘방 지역이 남아 있어 석유 공급원을 완전히 끊지는 못했으나, 지금 교전 지역이 아시아 전역으로 확대되고 있어 상당수 지역에서 석유 부족 현상을 겪을 것으로 보고 있습니다. 또한 팔렘방 지역은 내주부터 있을 폭격 작전이 진행되면 타격을 받을 것입니다. 팔렘방 폭격을 위해 내주부터 앤젝(호주 뉴질랜드 연합군)이 미군으로부터 인도받은 중폭격기가 호주의 퍼스 비행장에서 출격할 예정입니다. 신형 폭탄을 이용해 타격을 가하는 작전이라, 연합군 총사령부에서는 팔렘방 지역의 정유 시설을 재기 불능 상태로 만들 수 있을 것으로 보고 있습니다."

"팔렘방 지역에서 나오는 석유는 아군 잠수함이 막고 있지 않았나?"

알렉산더 사령관은 고개를 갸웃거리며 물었다.

"완벽히는 막지 못했습니다. 특히 이번 반격 작전을 시작하고, 해당 해협에서 활동 중이던 잠수함 중 일부가 남태평양의 일본 해군의 감시와 공격 임무에 투입되어서 팔렘방에서 반출된 석유 일부가 방콕과 사이공을 통해 중국과 동남아시아의 일본 육군에게 보급된 것으로 확인되었습니다. 하지만 그동안 일본 유조선을 격침한 영향으로 대규모 운송이 원활하지 않았고, 전선으로 이송된 석유의 양은 그리 많지 않은 것으로 파악하고 있습니다."

"그러면 폭격까지 이어지면 일본의 석유 공급을 완전히 차단한다는 건가요?"

"예정대로 진행되어 팔렘방 지역까지 파괴하면, 길어도 3개월 내로 일본은 석유 보유량을 모두 소진할 것으로 보고 있습니다, 전하."

"일본의 석유 보유량이 그렇게 적은가요?"

공급이 3개월 끊어지는 것으로 완전히 소진한다는 말에 놀라서 되물었다.

"연합국의 석유 금수 조치 이후 저장량이 줄어들기 시작했고, 그 때문에 동남아시아로 전선을 넓혔습니다. 네덜란드군이 팔렘방 방어에는 실패했지만, 해당 지역의 채굴량과 생산량, 유전 기지의 위치 등 모든 자료를 영국을 통해 미국에 전달했고, 해당 자료를 바탕으로 일본의 사용량을 예측해 추산해 본 결과, 생산된 석유의 80퍼센트 이상이 저장 없이 사용되었다고 예측되었습니다. 이는 아군 잠수함이 격침한 일본 유조선의 선적량을 포함하지 않은 결과로, 나머지 20퍼센트를 모두 저장했다고 가정해도 지금의 일본군이 사용하는 소비량을 예상하면 길어도 3개월 이내에 석유는 바닥날 것입니다. 특히 아군의 잠수함이 활동한 이후부터 싱가포르를 통한 육로로 이송이 이뤄져 일본 본토와 중국 전선에는 비축량이

거의 없을 것으로 생각합니다, 전하."

"자네 말대로면 일본 본토 내에는 기름이 없다는 건가?"

"예측은 그렇습니다. 특히 아군의 잠수함이 이 지역에서 활동하며 유조선의 출입을 대부분 막았으니, 비축된 석유는 극소량일 것입니다."

알렉산더 사령관은 질문의 대답을 들은 이후 고민에 잠긴 듯 아무런 말도 하지 않았다.

"본토 내 기름이 없다면 한반도에 대해 작전을 진행하지 않을 수도 있는 거 아닌가요?"

OSS 요원의 아주 낙관적인 보고를 들어서인지 한반도에서 전투가 일어나지 않을 수 있다는 생각이 들어 물었다.

"그럴 가능성은 아주 낮습니다. 일본 내에서 활동하는 스파이가 전한 정보에 의하면 쿠마모토 지역과 쿠루메 지역의 서부군 서부방위사령부 소속 사단과 고쿠라시의 서부군 사령부에 움직임이 파악되었습니다. 쿠마모토의 6사단과 쿠루메의 56사단은 모든 부대가 쿠마모토로 이동 중이며, 서부군 사령부의 고쿠라시에서도 부대를 이동시키기 위해 일본 육군의 수송선이 도착한 것으로 파악했습니다, 전하."

"결국, 어디선가는 전투가 일어난다고 상정하고, 작전을 구상하겠습니다. OSS에서는 일본 육군이 우리 군의 배치 정보를 가지고 있다고 보십니까?"

OSS의 정세 보고가 끝났다고 생각했는지 조용히 있던 미군 육군 사령부의 작전참모 밴 플리트가 물었다.

"확신은 못 하나 파악하고 있는 것으로 보고 있습니다. 일본 육군이 태풍이 올라오는데도 급하게 병력을 이동시켰던 건 아직 우리가 부산을 비롯한 남부 항구를 점령하지 못했다는 걸 파악했었기 때문이라고 보고 있습니다. 지금 모든 정보를 알고 있는지는 모르나, 최소한 일본 육군은 부산이 점령되었음을 알고 있으며, 나아가 우리 군의 배치 중 일부는 알고 있을 것이라 보는 게 맞습니다. 수십 년간 한반도를 점령했었으니, 그에 협력하는 인적 정보가 우리가 일본에서 가진 인적 정보 이상은 된다고 예측합니다."

"그럼 최우선으로 진해의 일본 해군부터 점령을 시작해야겠습니다. 일본 해군에게 한반도가 점령되었다는 정보로 이익을 얻을 수 있는 기간은 지났다고 생각합니다. 일본군의 상륙에 이곳을 이용한다, 우리가 아무런 피해도 주지 못할 수도 있습니다."

"내일 오전을 기점으로 작전을 시작할 수 있게 준비하게."

작전참모의 제안에 알렉산더 사령관이 답했다.

"준비하겠습니다. 그럼 OSS에서는 일본 육군의 상륙 지점으로 어느 곳이 가장 유력하다고 보고 있습니까?"

"저희는 부산과 군산을 가장 유력하게 보고 있습니다. 특히 부산은 항구의 크기가 크고 해안선이 길며 조수간만의 차가 적어 일본이 상륙할 가능성이 가장 높다고 보고 있습니다."

"참모부와 같은 의견입니다. 사령관님, 그럼 부산 상륙을 중심으로 작전을 수립하겠습니다."

생각에 잠겨 있던 알렉산더 사령관은 두 사람의 대화 내용을 듣고 나서 회의실 탁자에 펼쳐져 있는 지도를 유심히 바라봤다.

사령관의 대답이 없어 잠시 회의가 중단되었고, 3분 정도의 시간이 흘렀을 때 사령관이 입을 열었다.

"이곳은 어떤가?"

사령관이 지휘봉으로 지도에서 가리킨 지역은 인천이었다.

"……이곳은 조수간만의 차가 크고, 주변에 섬이 많아 상륙작전을 전개하기에는 무리가 있습니다."

사령관의 질문에 OSS 요원이 잠시 생각하더니 대답했다.

"아니요, 충분히 가능성이 있어요. 이곳을 점령하면 서울은 지척이고, 해안가에 일본군이 설치한 기뢰 때문에 아직 우리 군의 야포가 섬에 설치되지 않았다는 걸 일본도 알고 있을 거예요. 우리가 지난 부산 탈환 작전 때 영도에 야포를 설치한 것을 알고 있고, 부산에서 항구를 이용해 상륙하자면 야포의 포격을 받는다는 걸 잘 알아 모래톱으로 상륙을 시도해야 하니 부산보다 다른 지역을 공략할 수도 있어요."

나는 한국전쟁의 향방을 바꿔 놓았던 인천 상륙작전이 기억나 알렉산더 사령관의 말에 동의했다.

특히 지금은 일본군이 설치한 기뢰가 인천 앞바다에 있어 우리가 섬으로 진출할 시도조차 못 하고 있는 상황이고, 이걸 일본이 안다면 충분히 가능한 시나리오로 보였다.

"하지만 조수간만의 차가 커서 수송선이 접안할 수 있는 시간이 그리 길지 않습니다. OSS는 사령관님과 전하의 의견에 동의할 수 없습니다."

나는 인천 상륙작전이라는 아직 일어나지 않은 상륙작전이 생각나 말했는데, 알렉산더 사령관은 어떤 부분을 보고 인천을 찍었는지 궁금해 그를 바라봤다.

"내가 본 황해는 원산에서 봤던 바다보다 파도가 훨씬 약했네. 자네가 말한 인천뿐 아니라 그 옆의 강화도를 우회해 김포 지역으로 상륙할 가능성도 있네. 우리가 방어용 기뢰를 설치하지 못했으니 충분히 우회할 수 있고, 북쪽에 아군이 야포를 설치한다 해도 우리가 점령하지 못한 강화도에 바다 쪽으로 일본군이 상륙해 포격하면 이 지역에 대한 우리의 억제력이 약해져 충분히 본토 상륙을 시도할 수 있다고 보네. 일본의 입장에서 이곳에 상륙할 수 있다면 눈엣가시인 서울 지역의 비행장을 직접 타격해 파괴할 수도 있지. 내가 일본군의 사령관이라 생각하면 부산, 인천 어느 곳에 상륙작전을 진행하든 어차피 감수해야 하는 위험이니, 같은 위험으로 훨씬 큰 성과를 낼 수 있는 이 지역을 공략하겠네."

알렉산더 사령관의 반박에 OSS 요원은 잠시 생각하다가 대답했다.

"알렉산더 사령관님의 말씀에는 동의합니다. 수십 년간 일본이 한반도 근해를 정밀 측정해 해안선을 잘 알고 있어서 인천 부근에 상륙할 위험도 충분히 있습니다. 하지만 일본군은 우리 군의 폭격기에 의한 폭격을 맞을 수 있는 황해로 진입하기에는 부담스러울 것입니다. 대한해협은 본토에서 출격한 전투기의 호위를 받을 수 있지만 황해는 그럴 수 없습니다."

"이곳에도 전투기가 있지 않은가? 거리로 따지면 비슷할 텐데."

알렉산더 사령관은 지도에서 중국의 산둥반도를 가리키며 말했다.

"거리는 일이백 킬로 정도가 차이 나지만, 일본군이 그곳의 전투기를 이리로 돌릴 수는 없을 것입니다. 중화민국과 중국공산당이 반격 작전에 맞춰 시작한 대공세가 성과를 거두고 있고, 주요 거점에서 조금씩 밀리는 중이라 공중 화력 지원이 중국 전선 곳곳에서 필요한 상황이라 이곳으로 돌릴 전투기가 넉넉지 않을 것입니다. 한반도 탈환 이후 경성비행장을 폭격하러 올 산둥반도를 비롯한 중국 해안가에 위치한 일본 육군의 전투기, 폭격기를 가장 경계했었는데, 태풍이 오기 전과 태풍과 태풍 사이 잠시 바람이 잦아들었을 때도 폭격은커녕 중국 방향에서는 정찰기도 오지 않았습니다. 이는 일본 육군의 중국방면군 사령부 직할인 13비행사단이 한반도 쪽에는 신경을 쓸 수 없을 정도로 중국 내 일본군의 전선 상황이 안 좋다는 방증입……. 죄송합니다."

한참 OSS 요원이 설명하고 있을 때 다른 요원이 회의실로 조심히 들어와서 OSS 요원에게 작은 쪽지를 건네서 잠시 말이 끊어졌다.

편지를 확인한 OSS 요원은 얼굴에 작은 미소를 띠었다.

"이번 전쟁에 참여한 소비에트연방의 극동국경수비대가 반격 작전이 시작된 직후 남하 중 주몽골군 소속 118사단, 기병과 보병으로 구성된 독립 혼성 2여단과 격돌했습니다. 이 전보의 내용은 2시간 전 최종적으로 주몽군을 해체시켰고, 주몽골 사령관 시치다 이치로 중장을 비롯해 참모장 이나무라 소장 등 일본군 포로 6천여 명가량을 사로잡았다는 것입니다. 정확한 사상자는 파악이 안 되었으나, 블라디보스토크의 폭격 지원과 전투에 의한 일본군의 사망자가 최소 8천 명 이상이라는 보고가 있었으니, 도망친 일본군의 숫자는 거의 없을 것으로 보입니다. 이렇듯 일본군의 중국 쪽 상황이 급박한지라 이곳의 13비행사단이 시선을 돌려 한반도 상륙을 지원하기는 힘들 것으로 보입니다. 이번 정보로 일본군의 상륙 지점은 항구가 파괴된 목포를 포함해 군산, 부산, 진해가 유력합니다. 서울 이북 지역은 서울에서 출격하는 전투기를 생각하면 일본군이 본토에서 출격한 전투기로 지원하기는 힘듭니다. 그리고 원산 지역은 더욱 서울과 블라디보스토크 양쪽에서 출격할 수 있어서 고려 사항에 빠질 것입니다."

딱 맞는 타이밍에 OSS 요원의 말을 뒷받침할 증거가 들어왔고, 요원은 이미 알고 있었던 자료인 듯 자연스럽게 이어서 설명을 마쳤다.

"상황이 좋지 않다면 일본 내 알력 다툼이 줄어들 가능성도 높겠군."

일본 육군은 아시아 전역 전선에서 비보가 이어지고 있었다.

전쟁 자체가 어그러질 수 있는 지금이면 알렉산더 사령관의 걱정도 기우처럼 보이지는 않았다.

아직 신형 폭탄이 도착하지 않은 지금 일본 육군이 해군과 힘을 합쳐, 상해, 타이완, 다롄에 퍼져 있는 전함을 긁어모아 한반도를 타격하면 한강 하구는 쑥대밭이 될 수 있었다.

"전례가 없습니다. 역사적으로 일본 육군과 해군은 협력보다는 경쟁하는 관계였기에 일본 육군에서 이번 상황을 정확히 판단한다면 해군에 도움을 청할 가능성도 있지만 OSS는 가능성이 작다고 보고 있습니다."

"OSS의 의견은 잘 들었네. 오늘 회의에서 보고할 내용은 끝인가?"

"그렇습니다."

OSS 요원이 굳은 표정으로 대답했다.

OSS의 의견을 무시하는 것으로 보여 기분이 나쁠 수 있었지만 서로 다른 소속이라 해도 동아시아 책임자인 유리 제프리가 중령임을 고려할 때 중장인 알렉산더 사령관의 말에 토를 달 수는 없었다.

"작전참모가 시작하지."

OSS 요원이 처음 회의를 주도하기는 했지만, 명확히 따지면 지휘 권한은 대한군 지청천 총사령관과 미 육군 알렉산더 사령관에게 있었다.

OSS의 역할은 정보의 제공과 의견 제시가 전부였다.

지청천 대한군 총사령관이 있었다면 다른 의견을 제시했을지도 모르지만, 지청천 총사령관은 부산의 부대 정비를 확인하기 위해 갔다가 지금 기차를 타고 돌아오는 중이었다.

"병력 배치부터 설명드리겠습니다. 대한군 2사단은 지금 이곳 부산 근교인 김해에 주둔 중이며 진해항의 감시를 위해 한 개 중대가 이 지역을 포위하듯 은밀히 퍼져 있습니다. 과거 제국익문사 소속의 요원을 주축으로 선발하였으며 군복이 아닌 일반인으로 변장해 감시 중입니다. 또한, 통영 지역에 두 개 소대가 주둔해 해안 감시를 하고 있습니다. 대한군 3사단은 군산에 한 개 대대, 목포와 여수에 각각 한 개 중대가 주둔하며 해안 감시를 하며, 김원봉 사단장이 직접 이끄는 본대는 여수에서 진주로 이동해 휴식 중입니다. 내일 오전부터 3일간 행군으로 부산으로 이동해 열차로 대전으로 돌아올 예정입니다. 아군 알파, 델타 부대는 대전 기차역 근교에서 지원 대기 중입니다. 이후 대한군 3사단과 합류할 예정이며, 서울 이북 지역과 군산, 목포에서 상황 발생 시 기차를 통해 급파할 예정입니다. 현재 통제되고 있는 열차 중 병력 이송에 필요한 열차는 대전역으로 급파되었으며 선로를 비롯한 모든 열차 운행은 연합군 사령부의 통제하에 있습니다. 서울은 훈련소의 신병과 2사단 소속 교관, 대한군 총사령부 직할대, 태평양 방면 육군 사령부와 직할대가 주둔 중이며, 내일로 예정된 수료가 끝나면 신병은 각 사단과 치안대로 분산 배치될 예정입니다."

"김포비행장은?"

"네, 사령관님, 김포비행장은 활주로 정리 작업을 시작했으며 오후부터 초계기가 이륙해 대한해협의 감시를 시작할 예정입니다. 그리고 폭격기는 전투기의 호위를 받으며 후쿠오카의 일본 육군 비행장 폭격을 시작으로 나가사키, 히로시마를 사정권에 잡고 군수공장 지대 파괴를 위한 폭격을 시작할 예정입니다. 다행히 후쿠오카의 비행장은 서부군 사령부 직할로 비행 전단이 없어 일본 육군에서 비행기의 임시 대기와 정비용으로 사용하는 상태이며, 방공 여단이 주둔 중이나 방공포가 위협적이지 않아, 비행 작전만으로 사용 불능 상태로 만들 수 있을 것으로 예상합니다. 플라잉 포트리스 착륙을 위한 활주로 확장 공사는 일단 콘크리트에 피해는 확인되지 않았으나, 지속된 비로 물에 잠겨 있는 시간이 길었고 이삼일이 지나야 정확한 상태를 확인할 수 있을 것으로 보입니다. 사령부 직할의 공병대 중 한 개 소대가 도하교 건설 이후 서울로 돌아오니, 오늘 오후에 공병대에서 다시 한 번 확인할 예정입니다."

"대전과 서울의 이동 시간이 얼마나 되는가?"

알렉산더 사령관은 관자놀이를 누르며 작전참모에게 물었다.

"철도 통제 후 무정차 운행하면 3시간이면 도착합니다."

"대전에서 부산까지는?"

"대전에서 부산까지는 무정차 운행할 때 4시간 30분이 소요되었습니다."

계속된 질문에 밴 플리트 작전참모가 대답하자 OSS 요원의 표정이 조금 전보다 더 굳어졌다.

알렉산더 사령관의 질문은 대전의 부대를 서울로 불러올리겠다는 게 뻔히 보였다.

"서울에 대한군 3사단을 주둔시키고 싶으신 건가요?"

아무도 의문을 제시하지 않아 내가 말을 꺼냈다.

"아무리 생각해도 인천이 마음에 걸립니다. 3시간의 차이로 상륙이라면, 대한군 3사단과 대전의 미군을 서울로 불러

들여야 한다 생각합니다."

"OSS에서 제시한 의견도 타당했습니다."

내 앞에 있던 OSS의 보고서를 흔들어 알렉산더 사령관에게 보이며 말했다.

"정보는 타당합니다. 하지만 전쟁은 사람이 하는 것입니다. 사령관의 마음에서 보자면 얼만큼의 피해로 성공할지 모르는 작전을 진행하는데, 상륙작전 이후에도 지난한 전투를 통해야지만 목적지인 서울에 도착할 수 있습니다. 비슷한 정도, 아니 조금 더 위험하더라도 인천을 치면 경성과 김포비행장이 목전입니다. 하이 리스크 하이 리턴. 내가 일본군 사령관이라면 인천을 칠 것입니다, 전하."

알렉산더 사령관의 말에 대답 없이 지도를 바라봤다.

알렉산더 사령관의 설명대로 한반도 상륙이 목표가 아니라, 서울의 비행장에 타격을 주는 게 목적이라면 그럴 가능성이 높았다.

하지만 OSS에서 파악한 정보를 바탕으로 보면 인천보단 부산 상륙이 설득력 있었다.

일본 입장에서 인천은 너무 위험했다. 하지만 한국전쟁의 인천 상륙작전에 대한 잔상이 강하게 남아 있어서인지 알렉산더 사령관의 말에 마음이 쏠렸다.

딱. 따닥. 딱. 따닥.

내가 인식도 못 하는 사이 내 손에 있던 자료를 살펴보며,

손이 들린 펜으로 바닥을 두드렸다.

자료를 다 읽고 나서 고개를 들었을 때는 회의실 내에 내가 펜으로 탁자를 두드리는 소리 이외에는 어떤 소리도 나지 않았고, 모두 나를 바라보고 있었다.

"한반도 내에 연합군 육군의 작전 책임자는 알렉산더 사령관입니다. 나도 그의 뜻에 동의합니다. 단 서울로 올라오는 건 대한군 3사단에 한정하는 게 어떨까 생각합니다. 대전의 미군이 아니더라도 인천에 상륙을 시도한다면 서울의 사령부 직할대대도 움직여야 합니다. 또한 서울에는 즉시 전투 병력으로 전환이 가능한 치안대도 있습니다. 대전의 미군 부대는 하삼도에 대한 선제 지원 병력으로 대전에 남겨 두고, 대한군 3사단만 경성으로 불러들이는 건 어떤가요?"

"제 권한을 인정해 주셔서 감사합니다. 미군의 대전 잔류는 대한군의 공식 요청으로 봐도 괜찮겠습니까?"

명백히 따지면 내 권한은 애매한 부분이 있었다. 모든 부분에 관여하지만, 또 다르게 따지면 모든 부분에 관여하면 안 될 수도 있었다. 그래서 대한군의 참석자 중 가장 선임인 대한군 참모장을 바라봤다.

"크흠…… 그렇습니다. 이우 전하의 뜻에 대한군도 동의하며 대한군의 공식 작전 변경 요청입니다."

내 시선을 받은 참모장이 헛기침을 한 번 한 이후 알렉산더 사령관을 바라보며 말했다.

알렉산더 사령관은 대답을 들은 이후 작전참모를 바라보며 고개를 끄덕였다. 그러자 밴 플리트 작전참모가 말을 시작했다.

"알렉산더 사령관님께서 기안한 작전과 작전 변경 요청으로 변경된 작전을 연합군 사령부에 통보하겠습니다. 원산과 서울 방어 작전에 대비한 블라디보스토크 비행단의 협조를 요청하고, 일본 육군이 해군과 공동으로 진행하는 작전을 전개할 때를 대비해 동중국해의 연합 해군 잠수함에 감시를 요청할 예정이며, 일본 해군이 움직일 때를 대비한 대응책을 요청하겠습니다. 이의 있으신 분 계십니까? ……그럼 일본군 상륙에 대한 대응책은 이대로 결정하겠습니다."

작전참모의 말이 끝났고, 하나의 안건이 끝나자 이제 실무자들이 지도를 보며 세부적으로 어떤 지역을 선점하고, 어디서 감시하는지 또 상륙하기 좋은 지형을 지역별로 확인하고, 어느 정도 병력을 배치할지를 논의했다.

큰 틀에 합의한 나와 알렉산더 사령관은 회의에 끼어들지 않고 듣기만 했다.

6장

"이제 겨우 9월 말인데 왜 이렇게 춥냐?"

미국 파견대 소속으로 반격 작전에서 8조 조장으로 주요 시설인 경성의 통신 장비를 담당했던 정재현 전 제국익문사 통신원이 손에 입김을 불어 넣으며 투덜거렸다.

"조장, 여긴 북쪽이니까 춥지."

정재현과 함께 반격 작전에 참여했던 나석영 부조장이 미군 텐트의 팩을 야삽을 망치처럼 두드려 땅에 박으며 대답했다.

"그래, 왜 우리가 여기 와 있는 거야? 2사단은 아직 따뜻한 부산으로 갔잖아. 왜 이철암 사신은 우리 조를 지목한 거야?"

열심히 조원과 텐트를 치고 있는 부조장 옆에서 의미 없이 발로 땅을 차며 말했다.

"투덜거릴 힘 있으면 와서 좀 잡아 봐!"

열심히 해머를 두드리다 옆에서 투덜거리기만 하는 조장의 행태에 결국 폭발했는지 나석영이 소리쳤다.

"……왜 또 화를 내냐. 아, 아니다, 그래그래 추운데 열을 내야지. 이런 조장이 어딨어? 조원이 추울까 봐 열이 나게 해 주는 조장이. 암암, 나 정도 되는 조장이니까 이런 사소한 부분까지 챙겨 주지."

나석영과 함께 열심히 일하던 조원들의 표정이 모두 똑같아졌다.

"조장."

가늘면서도 차가운 목소리가 정재현의 귀에 꽂히자 그제야 모른 척 딴짓을 했고, 나석영은 모른 척하는 정재현을 밀어 버리고 다시 야삽으로 망치질을 시작했다.

미군의 텐트는 위로 솟아 있는 형태가 아닌 땅속을 파고 그 위로 땅과 똑같이 평평하게 덮어 만든 모양이었다.

팩 박는 게 끝나자 그 위로 부러진 나무와 나뭇잎으로 텐트 위를 덮었다.

"중지."

구시렁거리며 땅을 차던 정재현의 아주 작은 목소리에 모두 움직임이 뚝 멈췄다.

정재현과 나석영의 눈이 마주쳤다.

짧은 순간 신호가 오가고 정재현은 어깨에 걸려 있던 개런드 소총을 급히 손으로 옮겼고, 나석영의 손짓에 따라 텐트를 치고 있던 조원들이 근처에 각자의 소총이 숨겨져 있는 나무로 붙어 엎드리며 몸을 숨겼다.

딸깍.

정재현이 손에 들려 있던 소총의 실린더를 아주 조심조심 전진시켰고, 바로 옆이 아니면 안 들릴 정도의 작은 소리가 났다.

정재현이 나석영을 향해 손을 U 형태로 돌리며 산 위 방향으로 총을 부리를 겨눴다.

총부리가 겨눠지고, 뒤이어 조원에 총에서도 '딸깍' 소리가 나며 격발 준비를 마쳤다.

나석영 혼자만 총이 아닌 미군의 정글도를 손에 들고 산 아래로 조심히 움직였다.

바스락.

조심히 산에서 내려가던 나석영을 정재현이 뚫어질 듯 바라봤고, 나석영은 자신이 낸 소리가 아니라는 듯 고개를 살짝 흔들었다.

그리고 손으로 정재현이 총부리를 겨누고 있던 방향보다 살짝 오른쪽의 능선을 가리켰다.

나석영의 손짓에 정재현이 눈이 커지며, 조원에게 손짓으로 명령을 내렸다.

정글도를 들고 비탈로 내려가던 나석영이 다시 자리로 돌아와 자신의 총을 준비했다.

긴장된 상태로 능선을 주시하던 그들의 시선에 한 무리의 황토색 복장의 군인들이 눈에 들어왔다.

나름 조심히 움직이고 있었지만, 나뭇가지와 풀을 밟아서 바스락거리는 소리가 났다.

적군이 나타나고, 총을 쏠 준비가 끝나자 조원 중 가장 왜소한 체구의 조원에게 모든 시선이 모였고, 그 조원이 손으로 각자에게 위치를 지정했다.

곧 조원이 지정한 대로 총부리가 각각 겨눠졌다.

정재현이 손가락을 세 개를 폈고, 곧 하나씩 접혀 들어갔다. 그러다 마지막 한 개의 손가락이 접혔다.

탕! 푸드덕.

다섯 발의 총알이 발사되었지만, 총소리는 단 한 발의 소리처럼 들렸다.

총소리에 놀란 새가 날아올랐다. 총을 쐈지만, 조원들은 자신의 자리에서 움직일 생각이 없었다.

일본군 몇 명은 총소리와 함께 풀숲으로 숨어들었고, 그들에게서도 대응 사격이 나왔지만, 정재현과 조원이 숨어 있는 방향이 아니었다.

잠깐의 대응 사격 이후 양측 모두 움직이지 않았다.

단 한 명 나석영이 개런드 소총이 아닌 토미건으로 바꿔들고 아까와 같이 산비탈 아래로 향했다.

나석영이 움직이고 나서 한참 지났을 때 목표를 지정했던 조원의 총이 다시 한 번 불꽃을 뿜었다.

탕!

"⋯⋯으윽."

총소리 이후 억눌려 작지만 분명한 신음이 산 위에서 나왔다.

그 신음에 정재현과 조원의 눈이 마주쳤다.

타타타탕.

잠시 후 타자기 소리와 같은 토미건의 소리가 신음이 울렸던 곳 근처에서 울려 퍼졌다.

"11시 하나! 2시 둘!"

곧이어 풀숲에서 총소리와 함께 정재현의 목소리가 울려 퍼졌다.

"2시 둘, 사살!"

높고 가는 목소리의 조원이 정재현의 목소리에 대답하며, 조원 중 유일하게 스코프(망원 조준경)가 달린 총이 두 번의 불꽃을 뿜었다.

"11시 하나, 사살!"

이어 나석영의 목소리가 적군이 있을 것으로 예상하는 지역보다 더 높으며 대각선인 곳에서 터져 나왔다.

나석영의 움직임에 맞춰 정재현이 조원에게 지시했고, 정재현을 포함한 세 명의 조원이 몸을 숙인 상태에서 조심스럽게 이동했다.

스코프가 달린 조원 한 명만 자신의 자리를 지키며 전방의 움직임을 주시했다.

탕!

단발의 총소리와 함께 조심스럽게 적군의 위치에 접근하던 요원들이 일제히 땅에 엎드렸다.

"2시."

타타탕! 탕! 탕! 타타탕! 탕! 타타탕!

적군이 있는 지역을 쑥대밭으로 만들겠다는 듯 나석영의 토미건과 조원들의 개런드가 불꽃을 내뿜었다.

30초 정도의 불꽃 이후 정재현이 손을 들어 주먹을 쥐자 일제히 사격을 멈췄다.

"확인!"

"확인!"

"확인!"

중앙, 능선 위, 아래 세 곳에서 세 명의 목소리가 순서대로 들렸다. 그 후 능선 위 풀숲에서 나석영이 튀어나와 주변을 살피며 아래로 내려왔고, 그 아래에서도 정재현과 조원들이 일제히 일어나 주변을 경계하며 위로 올라왔다.

"열두 명."

아직도 스코프에서 눈을 떼지 않은 조원이 낮게 소리쳤다. 나석영은 산 위에서 풀숲을 뒤적이며 내려왔다. 내려오다가 잠깐잠깐 정글도를 휘두르며 '하나, 둘…….'이라며 숫자를 중얼거렸다.

"네 구."

"세 구."

"다섯 구."

나석영과 본대가 만나자 나석영이 먼저 인원을 말했고, 다음 정글도를 한 손에 쥐고 있는 조원 두 명이 이어서 인원을 말했다.

"적군 열두 구 확인. 상황 종료. 안결영, 부조장과 능선 위에서 주변 경계해."

"쌔 빠지게 파 놓았던 게 내 잠자리가 아니고, 이 새끼들 무덤이었네……."

나석영은 짜증 나는 듯 중얼거리며 스코프가 달린 개런드 소총을 든 조원과 함께 능선 위로 올라갔고, 다른 조원 두 명은 어깨의 총을 내려놓고 빠르게 황토색 일본 군복을 입은 시체들의 발목을 잡고 텐트 방향으로 끌고 내려왔다.

아까까지 온갖 투덜거림을 입에 달고 있던 조장 정재현은 아까와 다르게 빠른 발걸음으로 먼저 내려가 땅에 박힌 팩을 뽑아내고 텐트를 걷었다.

텐트 아래에는 성인 남자 허리 정도 되는 깊이에 다섯 명이 다리를 접고 쪼그리고 앉으면 겨우 앉을 정도에 넓이로 땅이 파여 있었다.

정재현이 텐트를 정리하자 시체를 끌고 내려온 조원들이 파 놓은 땅속에 차례차례 시체를 처박았다.

얼마 안 돼 모든 시체를 정리하자 정재현이 작은 야삽으로 시체 위를 대충 덮고, 오래된 낙엽과 나뭇가지로 위장했다.

그사이 다른 두 명의 조원은 피가 남아 있는 땅을 까뒤집어 핏자국을 빠르게 없애고, 주변의 낙엽과 나뭇가지로 자연스럽게 보이기 위해 정리했다.

20분도 되지 않은 사이에 어느 정도 정리가 되었다.

휘익!

정재현이 양손을 입에 넣어 휘파람을 불자 위에서 경계 중이던 부조장이 신호를 알아듣고 아래로 내려왔다.

"C Site 부근으로 이동한다."

"씨발, 삽질은 삽질대로 하고 노숙하겠네."

나석영이 모든 조원의 생각을 대변하듯 욕설이 터트렸고, 다른 조원들도 그의 말에 동감한다는 듯 고개를 끄덕이며 자신의 군장을 챙겼다.

정재현과 조원들이 사라지고 10분쯤 흘렀을 때 아까 죽은 이들과 같은 황토색 군복을 입은 군인 한 무리가 주변을 경계하며 그 지역을 지나갔다.

정재현과 조원들은 빠르게 능선을 타고 이동했고, 잠시 뒤

나석영이 뛰어 대열에 합류했다.

다른 조원들은 정재현과 함께 이동했고, 나석영 혼자 전투 지역을 볼 수 있는 능선에 남아 확인한 이후 마지막으로 대열에 합류했다.

"몇 명?"

"두 개 소대쯤. 펑톈奉天(현現 선양시)의 사단은 아니었어."

"지휘부 말대로 몽골 쪽에서 소련에 밀려 내려온 사단인가 보네."

"펑톈 점령이 힘든 거 아냐? 지금까지 우리가 확인한 숫자만 세 개의 보병 사단에 기병 사단 한 개, 전차 사단 한 개 잖아."

"모르지. 우리는 정찰이 임무니까 정찰만 철저히 하면 돼. 전술은 지휘부에서 짜는 거지."

"조장, 저기가 좋아 보입니다."

얇은 목소리의 저격병이 정재현에게 붙으며 말했다.

"나랑 결영이가 주변 경계를 할 테니까 부조장이 은폐할 수 있게 준비해 줘."

정재현의 말에 다른 조원이 반응했고, 안결영이 지목한 지역으로 다가갔다.

그들이 주변을 정리하는 사이 정재현과 안결영이 능선 위로 올라가 작은 바위를 등지고 엎드렸다.

"너는 후방에 남으라니까 왜 따라오냐? 일반 전투병도 아니고, 수색병으로 차출되어 가는데."

정재현은 자신의 옆에 엎드려 살벌한 눈으로 주변을 경계하는 안결영에게 타박하듯 말했다.

딸깍.

안결영은 정재현의 타박에 무심하게 자신의 총에 실린더를 전진시켰다.

"야야, 무슨 농담을 못 하겠네. 너 인마, 이거 하극상이야 상관에게 총을 쏘려고 마음먹는 것 자체가 군법으로는 사형이라고."

"저는 주변을 경계하며 총기를 확인했을 뿐입니다, 조. 장. 님."

안결영은 주변을 경계할 때보다 더 살벌한 눈빛으로 한 글자씩 끊어 힘주어 대답했다.

"어휴…… 어릴 때 오라버니 그러며 쫄래쫄래 따라다닐 땐 정말 귀여웠는데……."

"군인에 남녀가 어딨습니까? 그리고 미국 훈련소에서 훈련받은 저격수 중에 남녀 통틀어서 제일 저격수가 접니다. 제가 이런 임무에 투입되지 않으면 누가 옵니까?"

"안타까워서 그런다. 여자애가 무슨 군인이라고 전쟁터까지 오냐."

정재현은 주변을 경계하며 입맛을 다셨다.

"여자이기 이전에 제국익문사의 요원이었고, 대한국의 군인입니다."

"군인이기 이전에 내 동네 동생이고, 엿가락 사 달라고 쫄래쫄래 따라다니던 여자애거든."

안결영은 더 말하기 싫다는 듯 고개를 절레절레 흔들고, 자신이 감시해야 하는 방향에 집중했다.

"……4시 방향. 1마일 전방, 일곱 명."

안결영의 말에 정재현이 고개 돌려 안결영이 말한 방향을 살폈다. 정재현이 있는 반대편 능선이었다.

"……넌 저게 몇 명인지 보이냐?"

정재현은 인상을 찡그리고 살펴야 겨우 뭔가 꾸물거리는 느낌이었고, 그 꾸물거리는 무리가 능선을 넘어 펑톈시 방향으로 이동하고 있다는 게 느껴졌다.

"……쏩니까?"

안결영은 얼음보다 더 차가운 목소리로 중얼거렸다.

"쏘긴 뭘 쏴. 이제 곧 해가 떨어지는데 우리도 쉬어야지. 괜히 쏜다고 해도 다 죽일 수도 없잖아."

"다 맞힐 자신 있습니다."

"……한 번에 일곱 명을 죽인다고?"

"이쪽에서는 저쪽 경사면이 한눈에 들어오니 저들이 도망칠 곳은 없습니다."

"쏘고 나면? 그 총소리 듣고 찾아올 일본군은 어쩌려고?"

"아……."

딱!

"조장!"

정재현이 안결영의 뒤통수를 두드렸고, 안결영이 작은 목소리로 정재현을 화내듯 바라봤다.

"알았어, 알았어. 우리 쪽으로 오는 거 아니면 감시만 해."

해가 떨어지고, 임시로 정리한 숙영지.

처음 만들었던 숙영지와 다르게 바위 아래 꺼진 땅에 만들어져 있었다.

바위에 텐트를 연결해 나뭇가지와 긴 풀로 위장해 있었는데, 해가 떨어져 주의 깊게 살피지 않으면 발견하기 힘들게 되어 있었다.

"하……. 애들이 우리 발견도 못 했었는데, 보내 주지 그랬어."

텐트가 지붕이 되어 줬지만, 땅속으로 파고들어 가지 않아서 땅과 텐트 틈으로 만주의 강한 바람이 다 뚫고 들어왔고, 나석영은 한숨 섞인 말을 내뱉었다.

"적의 이동 경로였어. 만약 밤에 걸렸으면 대응도 못 하고 다 죽었을 수도 있어."

나석영의 말에 정재현이 감은 눈을 뜨지도 않고 대답했다.

"능선이 이동 경로였잖아. 안 걸릴 수 있었다고."

"너 그냥 거기 가서 그놈들이랑 자고 와. 죽은 지 얼마 안 돼서 내일 아침까지는 온기가 남아 있을걸."

"에이~ 말이 그렇다는 거지. 나는 몸에 피가 살아 흐르는 우리 조원들이 더 좋아."

"안 떨어져?"

두 사람이 주고받는 농담에 조원이 작은 웃음으로 긴장을 풀었다.

"중경에 있을 때 피재길 훈련소장님 말 못 들었어? 숙영 시에는 서로를 끌어안고 있어야지 안 죽는다고 했잖아."

"그건 한겨울이고, 아직 그 정도 날씨는 아니다."

"두 분 심심하셔서 안 주무실 거면 초병과 교대하세요."

피로가 누적되어 잠긴 안결영의 목소리가 두 사람에게 들렸고, 두 사람은 합죽이가 된 듯 조용해졌다.

두 사람이 조용해지자 멀리서 들리는 부엉이의 울음소리만 숙영지를 가득 메웠다.

사위가 조용해지고 수 시간이 지나 해가 뜨기 직전 가장 어두운 시간 작은 중얼거림이 숙영지를 메웠다.

"영혼을 돌보시며 가장 버림받은 영혼을 돌보소······."

"그런다고 천국 못 간다."

정재현의 손을 잡고 기도하는 안결영의 기도 소리가 붙어 앉은 정재현의 목소리에 의해 잠시 멈췄다.

퉁명스러운 말을 내뱉은 정재현이었지만, 안결영은 잡은 손을 놓지 않았고, 그녀의 기도가 다시 이어졌다.

"우리는······ 아니, 나는 천국을 못 가."

    안결영의 기도가 끝나자 다시금 퉁명스러운 말투로 정재
현이 말했다.

    "……."

    정재현은 대답 없는 안결영이 자신의 손을 잡고 기도하는
게 익숙한 듯 웃었다.

    "내 손에 죽은 사람이 수십, 아니 백 명을 넘을지도 모르
겠네. 그 원혼이 내 주위에 맴도니 잠을 편히 잘 수가 있나.
기도하려면 천국 말고, 이 전쟁이 끝날 때까지 미치지만 않
을 수 있게 기도해 줘."

    꿈속에서 본 악몽이 눈앞에 있는 듯 정재현은 웃는 표정이
었지만, 자조 섞인 웃음에 슬픔이 더 묻어 나왔다.

    "첫 살인을 하고 나서 잠시 이러다가 한동안은 무뎌졌었는
데……. 너는 괜찮아?"

    "응……."

    자신의 조원 안결영이 아닌 어린 시절 함께 자란 동생 안
결영의 대답이었다.

    바스락.

    두 사람의 대화는 텐트 밖에서 들리는 소리에 뚝 멈췄다.

    정재현은 자신의 근처에 있던 토미건을 손에 쥐고, 텐트의
입구를 겨눴다.

    "3시 30분이야."

    텐트를 열고 들어온 사람은 마지막 초병이었던 나석영이

었다.

그가 텐트 입구에서 말하고 다시 감시를 위해 능선 위로 올라가자 언제 일어났는지 다른 두 명의 조원도 눈을 뜨고 조심스럽게 텐트를 나와 주변 나뭇가지를 정리했다.

정리하는 그들의 입속에는 작은 초콜릿이 하나씩 물려 있었다. 씹어 먹는다고 보기보다는 입안의 열기로 초콜릿을 녹여서 먹었다.

"D레이션은 어떤 정신 나간 놈이 만든 거야?"

아직 해가 뜨지 않은 상태에서 이동 중인 대열의 가장 뒤에 있던 나석영은 씹어 먹었다가는 이가 부러질 것 같은 초콜릿을 우물거리며 말했다.

"좋은데……. 가볍고 달고 맛있잖아요."

"결영아, 이게…… 달아?"

"맛있는데……."

안결영은 어처구니없다는 표정의 나석영을 힐끔 보더니 중얼거렸다.

"그래도 생존 훈련 때 생각하면 호강이지."

가장 선두의 정재현이 말하자 다섯 명의 조원들 모두 생존 훈련이 떠올랐는지 아니면 새벽의 한기 때문인지 몸을 부르르 떨었다.

"쉿."

20분 정도 더 걸어가자 도시가 보이는 산 위의 능선에 도착했다.

정재현의 신호에 모두 걸음을 우뚝 멈췄고, 그의 손짓에 따라 정해진 위치로 흩어졌다.

나석영과 다른 한 명의 조원은 자신의 등에 있는 배낭과 몸에 붙은 탄띠 등을 조심스럽게 한쪽에 내려놓았다.

몸에 있는 대부분의 소리 나는 쇠붙이를 내려놓고, 정글도와 탄띠에 붙어 있던 대검집을 허벅지로 옮겨 찼다.

두 사람이 준비하는 동안 정재현은 산 위에는 감시초소를 눈으로 확인했다.

초소에는 아무런 불빛이 없었고, 보름달은 아니지만 하현에 접어든 달은 아직 주변을 살필 수 있을 정도로 밝았으며, 초소에 양쪽으로 나뉜 두 명이 초병이 주변을 살피고 있었다.

"잘 부탁해."

나석영은 준비를 마치고 스코프에 눈을 고정한 안결영에게 말하고, 한 명의 조원과 함께 움직였다.

안결영은 스코프에서 눈은 떼지 않으며 고개를 끄덕였다.

나석영은 초병에게 총을 겨누고 있는 정재현과 다른 조원 한 명에게도 고개를 끄덕여 부탁하고는 자신과 함께 준비한 조원과 함께 어둠 속으로 사라졌다.

"윽!"

툭.

안결영이 조준하고 있는 초병이 아닌 다른 초병을 조원과 함께 조준하고 있던 정재현에게 억겁과 같은 시간이 흘렀을 때 그가 겨누고 있던 초병이 초소 밖으로 떨어져 내렸다.

그제야 초병에서 눈을 떼니 반대쪽에 있던 초병도 벌써 사라지고 없었다.

초소로 침투한 나석영과 조원이 놓고 간 짐을 나눠 들고 빠르게 초소로 다가갔다.

"6시 30분 교대, 작전 시간 6시까지는 40분 남았어."

초병들의 시체를 풀숲에 숨기고 돌아온 나석영이 안결영의 말을 들으면서 수첩에 뭔가를 기록하던 정재현에게 말했다.

"알았어."

정재현이 수첩에서 눈을 떼지 않은 상태로 대답했다.

"14시 1마일 감시초소 초병 2명, 14시 20분 2.3마일 초소……."

10분 동안 안결영이 주변을 살피며 중얼거렸고, 정재현이 기록했다.

두 사람이 기록하는 사이 다른 두 명의 조원은 초소에서 군장을 챙겨 얇은 선을 깔면서 언덕 아래로 이동했다.

"5분."

나석영이 5시 35분을 가리키는 시계를 확인하고 조용히 말했다.

"다 끝나 가."

정재현이 수첩에서 시선을 떼지 않은 채 대답했다.

두 사람이 바라보고 있는 것은 주변 산 능선의 초소뿐 아니라 산 아래에 있는 주둔부대도 포함되어 있었다.

달빛과 부대의 감시 불빛을 통해 살피니 초소에서 산 아래로 1.6킬로미터 정도 떨어진 곳에 부대가 있었다.

나석영의 눈에는 희미하지만, 날개 형태가 보이는 게 목표로 하는 부대로 확인됐다.

따다닥. 따다닥.

초소 옆에 작은 쇠가 부딪치는 소리가 울렸다.

정재현 옆에서 주변을 살피던 나석영이 급히 쇠가 부딪치는 소리를 내는 기계에서 수화기를 들었다.

−초고리, 초고리 여기는 둥지.

"초고리 수신 양호."

−둥지 수신 양호. 위치 도착했어.

도청의 위험이 없는 방금 손으로 깐 유선 수화기였고, 서로 확인이 끝나자 수화기 너머에서는 암호문이 아닌 평문이 들려왔다.

"수신."

나석영은 대답 이후 아직 안결영이 말하고 정재현이 수첩에 받아 적는 데 집중하고 있던 두 사람을 바라봤다.

5시 34분이 넘어갈 때 두 사람이 동시 움직였다.

"끝."

"21분 남았어."

"확인."

나석영이 시계를 꺼내며 말했고, 정재현도 자신의 품속에서 시계를 꺼내 나석영의 시계와 시간이 맞는지 다시 한 번 확인하며 대답했다.

"잘 부탁한다."

정재현이 나석영을 끌어안았고, 나석영이 어색하게 받아줬다.

"징그러워. 늦겠다, 얼른 가."

나석영의 핀잔에 정재현은 자신의 수첩의 한쪽을 북 찢어서 나석영에게 넘겨주고 매의 눈으로 펑텐 외곽의 군부대 주둔지로 보이는 곳을 살피던 안결영의 어깨를 두드린 후 함께 군장을 챙겨 초소를 벗어났다.

초소에서 빠른 걸음으로 언덕 비탈을 내려가 15분 만에 반대편 중턱에 다다르자 먼저 간 조원 두 명이 무전을 들으며 3인치 M1 박격포의 조준 눈금을 조절하고 있었다.

그 옆에는 땅을 판 흔적이 눈에 들어왔고, 땅속에 뚜껑만 열린 채 있는 탄약통도 눈에 들어왔다.

"그래도 제대로 배달됐네."

정재현이 군장을 내려놓으며 말했다.

"조장, 갑 목표 조준 준비 끝났어."

"잠시 쉬어."

정재현이 이곳으로 하는 15분 동안 삽질을 열심히 했는지, 산비탈을 파서 만든 평평한 땅 위에 M1 박격포 2문이 박혀 있었다.

안결영과 정재현은 아직 땅속에 박혀 있는 탄약통을 함께 꺼내서 박격포에서 조금 떨어진 곳에 놓았다.

품속의 시간을 확인하자 5시 59분에서 분침이 넘어가고 있었다. 곧이어 무전기에서 쇠가 부딪치는 신호가 울렸다.

-초고리 송신.

"둥지, 수신."

-갑이 목표라고 확신하는 거야?

"결영이가 가능성이 가장 높다고 했으니까. 갑이 아니면 을에 떨어뜨려서라도 타격을 줘야지."

-10초 전.

"확인."

수화기를 든 상태에서 세 사람에게 신호를 보냈다.

안결영은 마지막까지 정재현이 적은 수첩과 박격포의 편각과 사각을 확인했다.

다른 두 조원은 각각 양손으로 포탄 한 발씩을 들고 박격포 옆에 섰다.

-5, 4, 3······.

"······2, 1."

정재현과 나석영 두 사람은 통신으로 함께 숫자를 거꾸로 셌다.

일이 끝나고, 정재현이 손을 빠르게 내리자 두 조원의 손을 떠난 포탄이 박격포로 들어갔고, 급히 귀를 막자 엄청난 폭발음과 함께 발사되었다.

발사된 이후 잠시 기다리자 수화기 너머에서 폭발음 소리가 울렸다.

－좌상탄! 0.5마일.

"좌상탄! 0.5마일."

"사각 －1, 편각 120으로 수정."

정재현이 수화기를 내려놓고, 박격포에 붙으며 외쳤고, 안결영도 정재현에게 대답하며 남은 박격포로 붙어 포다리와 포신의 조절기를 조정했다.

"조정 끝. 2탄 준비."

조정을 끝낸 두 사람이 박격포에서 조금 떨어졌고, 다른 조원이 포탄을 박격포에 가져갔다.

"발사."

정재현이 수화기를 들어 귀에 가져다 대는 사이 두 조원이 폭탄을 놓고 몸을 숙였고, 또다시 큰 굉음을 일으키며 포탄이 발사되었다.

－웨에에에에에엥~. 2탄 우탄 0.1마일. 쾅! 쾅!

무전기 너머에서는 나석영의 목소리와 함께 비상 사이렌

소리, 폭탄 터지는 소리가 함께 들렸다.

"우탄! 0.1마일!"

"사각 유지. 편각 −10으로 수정."

두 번의 수정을 거치는 사이 머리 위에서 비행기가 날아가는 소리가 들리기 시작했고, 이어서 펑톈시 방향에서 폭탄이 터지는 굉음들이 동시다발적으로 들렸다.

"수정 완료! 발사!"

정재현의 말에 두 조원이 곧바로 포탄을 박격포 안으로 넣었다.

─쾅! 명중! 유폭 확인. 화재 발생. 식별 가능.

"빠져! 명중! 유폭으로 식별 가능! 임무 완료!"

수화기 너머 명중이라는 소리가 들리자마자 수화기에 소리쳤다.

"1번 포는 을을 목표로 편각 수정. 남은 탄 소진 후 철수한다."

수화기를 내려놓은 정재현은 안결영에게 소리치고, 박격포에 포탄을 집어넣는 조원 뒤에 서서 탄약통에서 탄을 한 발씩 꺼내 조원에게 넘겨주었다.

빠르게 탄을 소진했고, 모든 탄을 다 소진했을 때 전방에서 총소리가 들렸다.

"군장 모두 모아!"

정재현의 신호에 이곳까지 메고 온 배낭에서 몇 가지 물품을 꺼내고는 바닥에 박혀 있는 박격포 주위로 쌓았다.

다섯 개의 배낭이 박격포 주위로 모일 때 나석영이 도착했고, 안결영이 나석영이 뛰어온 방향을 보며 대응 사격에 들어갔다.

"철수!"

나석영이 도착하자마자 정재현이 외치면서 손에 들려 있던 지연신관에 불을 붙이고 뛰었다.

박격포에서 20미터쯤 멀어져 큰 바위 뒤로 다섯 명이 모두 숨은 후 5초쯤 지났을 때 '쾅' 하는 소리와 함께 지축이 울렸다.

쌓아 놓은 군장이 폭발을 많이 흡수했지만, 정재현과 조원이 엄폐한 돌 위로도 흙먼지가 날아왔다.

잠시 폭발을 피한 이후 다시 달리기 시작했다.

배낭을 모두 버리고, 단독 군장으로 무장한 다섯 명은 텐트를 포함해 모든 군장을 가지고 있을 때와는 확연히 다른 움직임이었다.

"적 두 명 추격 중."

도망치는 중 안결영이 뒤를 확인하며 말했다.

"개새끼들! 폭발에 휘말려 뒈져 버리지."

"빠른 사살 후 이동한다."

정재현은 나석영의 욕설을 들으며 조원에게 설명했다.

조원들은 정재현의 손짓에 따라 풀숲으로 몸을 숨겼다.

풀숲에서 숨어 잠시 기다리자 두 명의 일본군이 총을 겨누며 주변을 살피는 게 시야에 들어왔다.

정재현이 안결영을 바라보자 그녀는 손짓으로 대답했고, 곧이어 정재현과 조원의 총구가 한 명을 향했고, 안결영의 총구만 다른 한 명의 적군 향해 겨눠졌다.

정재현이 엄지손가락을 들어 라이터를 켜듯 접자 그 순간 다섯 개의 총구가 일제히 불을 뿜었다.

"사살."

안결영의 말에 다섯 명의 사람이 일제히 다시 뛰기 시작했다.

그들이 도망치는 언덕 너머 산이 갑자기 낮으로 바뀐 듯 밝아져 있었고, 오른쪽으로 해가 조금씩 떠오르기 시작했다.

✴

30분은 뛰어서 움직인 후 잠시 휴식한 다음 1시간을 걸어가니, 넓은 평지에 지어진 대한군 주둔지가 눈에 들어왔다.

대공포와 초병이 외곽을 경비하고 있는 곳이었다.

멀리서 걸어 접근하는 정재현과 조원을 발견했는지 2.5톤 트럭이 급히 출발해 이들에게 다가왔다.

"고생하셨습니다, 대위님."

다가온 운전병이 정재현에게 경례하며 말했다.

제국익문사가 대한군 2사단으로 변경되며, 제국익문사 요원들에게도 각각에 맞는 직책과 계급이 부여됐는데, 정재현은 대위를 조원들은 중위와 소위 계급을 부여받았다.

　정재현은 중경 제국익문사 훈련소 출신 가운데 좋은 평가를 받은 열 명의 요원 중 한 명이라 다른 동기들보다 높은 대위였다.

　평소에는 중경부터 동기로 지내 온 사람들이라 조장, 부조장 정도로 불렀지만, 블라디보스토크에서 군인으로 훈련받으며, 곽재우 사단장에게 훈련받은 이들은 군의 계급을 중요하게 생각했고 계급으로 호칭했다.

　"펑톈은?"

　정재현도 처음에는 조금 어색해했지만, 금방 적응해 차의 조수석에 올라타며 물었다.

　"적 항공기와 비행장을 박살 내 어려움 없이 진입했고, 시내 교전이 막 끝났습니다."

　"다행이네."

　밤새 제대로 잠을 못 잔 정재현은 조수석 등받이에 기대 눈을 감으며 대답했다.

　정재현은 흔들거리는 차 안이라 잠들지는 못했지만, 계속해서 긴장되어 있던 몸에 긴장이 풀리며 피로가 밀려오는 느낌을 받았다.

　주둔지로 돌아오자 다른 조원들은 휴식을 취하기 위해 비어 있는 텐트로 들어갔고, 정재현만 곽재우 사단장이 기다리는 텐트로 향했다.

텐트 안에는 장대한 기골에 짧게 다듬은 수염이 인상적인 곽재우 사단장이 정재현을 기다리고 있었다.

"고생했어. 이리 와서 앉게."

정재현의 경례에 곧은 자세의 곽재우 사단장은 정재현에게 자신이 앉은 자리의 오른쪽 자리를 권했다.

"감사합니다."

"정찰조가 작전을 성공적으로 수행해 준 덕분에 해가 뜨기 전에 적의 비행사단을 폭격할 수 있었네."

"아닙니다. 사단장님께서 믿고 지원해 주신 덕분입니다."

이 작전을 시행하기 전 패튼 소장은 이런 중요한 작전에 대한군만 투입하는 것에 반대했었다.

특히 여자인 안결영이 전투 지원부대도 아닌 본대보다 더 전방, 적진에서 활동해야 하는 정찰대로 활동하는 데 탐탁지 않아 했고, 이번 작전에서도 정재현의 조가 투입되는 걸 반대했었다.

하지만 미국 훈련소의 성적을 알고 있었던 미 육군 사령부의 밴 플리트 작전참모가 적극적으로 추천하고, 곽재우 사단장이 지지해서 작전에 투입되었다.

"사실 나도 안결영 중위에 대해서는 확신은 없었네. 전하께서 지지하셨으니 뜻을 따랐을 뿐이네."

"이번 작전에서는 안결영 중위가 가장 큰 역할을 하였습니다. 적군 일곱 명을 사살했고, 적군 발견과 유류가 보관되어 있는 지형 파악에도 안결영 중위가 가장 큰 역할을 했습니다."

"사격 실력이 대단하다고는 들었는데……. 실전에서도 뛰어났나 보군."

"그렇습니다. 특히 시야가 밝고 눈이 좋아 먼 거리까지 확인할 수 있어 저격수로서는 완벽한 조원입니다."

"알겠네. 내가 직접 위원회에 훈공勳功을 보고하겠네."

곽재우 사단장은 강렬한 인상과 덩치에 어울리지 않게 미안한 듯 웃으며 말했다.

"감사합니다, 사단장님. 그럼 작전 결과에 대해 보고드리겠습니다."

"시작하게."

"제4209-17작전의 작전 목적은 아군 박격포를 이용해서 해가 뜨기 전 적군 유류나 화약에 유폭을 일으켜 적 비행장의 위치를 확인하고, 어둠을 이용해 적 방공포의 저항 없이 적군 비행장과 비행기를 폭격하는 데 있었습니다. 작전은 2일 전 예정된 작전 시각에 진행되었고, 어제 13시 30분에 A 작전지역에 도착, 숙영지 구축에 들어갔습니다. 하지만 예정되어 있던 숙영지에서 0.1마일 떨어진 능선에 적군이 출현하였고, 교전 끝에 제압 후 C 작전지역으로 이동했습니다. A

지역 도착 이후 확인 결과 B 지역은 A 지역에서 육안으로 확인할 수 있어서 B 지역이 아닌 C 지역으로 이동했습니다……. M1 박격포 2문이 손실되었습니다.”

곽재우 사단장은 정재현의 말을 경청하며 보고를 받았다.

5분 정도로 간추린 작전 보고는 금방 끝이 났다.

정재현은 작전 내용과 교전 내용, 적군 사살 숫자와 마지막 손망실 보고를 끝으로 지난 2일간의 작전 보고를 마쳤다.

“C 지역에서 이동했으면 잠도 거의 못 잤겠군.”

A나 B 지역보다 C 지역이 작전지역에서 멀리 떨어져 있다는 걸 알고 있는 곽재우 사단장이 말했다.

“괜찮습니다.”

“괜히 내가 피곤한 사람에게 보고를 받았어. 다른 보고 사항은 없는가?”

“없습니다.”

“알겠네. 고생했어. 그만 나가 보게.”

“감사합니다.”

보고를 마친 정재현이 곽재우 사단장의 허락이 떨어지자 경례하고 밖으로 나가려다가 등 뒤에서 들리는 곽재우 사단장의 말에 걸음을 멈췄다.

“아! 결과는 들었나?”

“운전병에게 간단히 들었습니다.”

“펑톈은 자네 조가 고생해 준 덕분에 적 비행기가 이륙하

지 못해 2군단 기갑부대가 저항 없이 적진으로 진입해 승리
했네. 위원회에도 보고가 올라갔으니, 자네와 자네 조원들에
게는 상훈賞勳 논의가 있을 거네."

"감사합니다. 조원들도 기뻐할 것입니다, 사단장님."

"그래, 피곤할 텐데 얼른 가서 쉬게."

정재현이 텐트를 떠나고 나자 곽재우 사단장은 뭔가 기쁜
표정으로 자리를 일어나 텐트를 벗어났다.

꼭꼭꼭

배정받은 텐트로 돌아오자 네 사람은 각자 자리 잡고, 잠
들어 있었다.

뜨끈한 온돌에 몸을 지지는 것처럼 따뜻하지는 않았지만,
튼튼하게 설치된 텐트와 미군의 두꺼운 보급 침낭으로 어제
와는 확연히 다르게 편안하고 따뜻했다.

정재현은 몸에 달린 단독 군장을 정리해 자신의 자리 아
래에 내려놓고 텐트 안에 놓여 있던 담배만 들고 밖으로 나
갔다.

정재현이 텐트 옆에 놓인 큰 돌을 의자 삼아 자리에 앉아
가져 나온 럭키 스트라이크 담배를 꺼내 물었다.

"대위님, 혹시 작전 나가실 때도 그 담배 가져가셨습니
까?"

한 손에 큰 통을 가져오던 운전병이 놀라면서 물었다.

"아니, 이놈 가져갔었지."

정재현은 운전병의 놀란 표정을 보며, 주머니 속에 들어 있던 씹는담배를 보여 주며 대답했다.

"미군에게 들었는데, 그 담배를 가지고 전장에 나가면 저격을 맞는답니다. 그러니까 대위님께서도 조심하셔야 합니다."

운전병은 무서움에 휩싸인 듯 몸을 부르르 떨며 말했다.

"하하, 그런 소문이 돌아서 텐트 안에 담배가 쌓여 있었구먼?"

텐트 안 한쪽에 담배가 쌓여 있어서 이상하게 생각하며 하나를 집어 왔는데, 그 진상을 알 수 있었다.

정재현은 야간 작전이어서 담배를 피우면 불똥의 위치로 적군에게 발각될 수도 있어서 가져가지 않았는데, 대낮에 이뤄지는 작전에 담배를 모두 놓고 갔다는 부분에서 웃음이 나왔다.

"소문 정도가 아닙니다. 원산 작전 때도 그 담배를 가지고 있었던 두 분이 저격에 맞아 사망했었습니다. 그래서 이번 작전에 나가시는 분들은 다른 담배를 가져가거나, 아예 안 가져갔습니다."

"들고 다니면서 저격 맞는지 안 맞는지 시험해 봐야겠네."

"대위님!"

아직 어린 티가 남아 있는 운전병은 자신의 말을 귓등으로도 안 들으며 오히려 장난치는 정재현의 태도에 놀란 듯 외쳤다.

"괜찮아. 안 그래도 나 데려가려고 지옥문에서 기다리는 놈들이 수십인데도 안 끌려가는 거 보면, 이 정도 소문이 뭔 큰 힘을 발휘한다고. 근데 그건 뭐야? 뭘 그렇게 무겁게 가져오고 있어?"

정재현은 운전병의 두 손에 들린 통을 가리키며 물었다.

"2일 동안 비상식량만 드셨을 거 같아, 가져왔습니다."

운전병은 의기양양하게 음식이 들어 있는 통을 내려놓으며 말했다.

뚜껑을 열자 주먹밥과 김치 그리고 베이컨 햄과 소시지가 들어 있었다.

"너무 좋은걸 가져다줘서 고마운데……. 지금 상태가 이러네?"

정재현은 등 뒤에 있는 텐트의 문을 살짝 열어 모든 불이 꺼져 새카만 텐트 안을 보여 주었다.

"……그럼 어떻게 합니까?"

운전병은 벌써 잠들었으리라고 생각하지 못했던 듯 당황했다.

"일단 안쪽에 놔줘, 이따 일어나면 먹을 거야."

"알겠습니다. 대위님도 편히 쉬십시오."

운전병은 텐트 안쪽에 가져온 음식이 들어 있는 통을 내려 놓고는 떠났다.

7장

"전하, 펑톈시 공격에 성공했다는 보고입니다."

사무실에서 임시 헌법에 관한 보고서를 살펴보고 있을 때 최지헌이 급히 들어와서 보고했다.

"전보인가?"

서면 보고는 아니더라도 전화로 보고가 올라오면 대략적인 전투 내용까지 올라오는 경우가 많았지만, 전보를 통한 보고는 중요한 내용만 담긴 짧은 보고서여서 물었다.

"그렇습니다. 5분 전에 작전이 성공했다는 내용으로 2군단 기갑사단에서 올린 전보가 전보실로 도착했습니다, 전하."

"알겠네. 지금 위원회관에 와 있나?"

"군무실에서 군사위원과 알렉산더 사령관, 지청천 장군이 회의 중입니다, 전하."

딱히 누구를 지칭하지 않았지만, 최지헌은 대답했다.

최근 용산에 주둔한 미군 부대보다는 위원회관에서 자주 회의하는 세 사람은 오늘도 위원회관에 들어와 있었다.

그들과 대화하기 위해 자리에서 일어났다.

"혹시 정찰대에 대한 내용은 들어왔나?"

사무실을 벗어나며 최지헌에게 물었다.

"아직 없습니다. 다만 작전 성공과 블라디보스토크에서 비행사들이 유폭을 통해 목표를 확인했다는 정보를 보면, 최초 목표했던 작전에는 성공한 것으로 보입니다, 전하."

군사위원실 앞에 도착하니 위원실 안에서는 작전 성공으로 분위기가 좋을 거란 내 예상과 다르게 큰 소리가 오가고 있었다.

"잠깐 기다리게."

내가 도착한 것을 확인한 위원회관 경비를 담당하는 치안대 대원이 안으로 들어가려는 걸 제지했다.

"……성공은 맞지만 계집을……!"

"……확인했지 않습니까!"

내용을 들어 보려 잠시 기다렸으나, 크게 하는 말만 중간중간 끊어져서 들렸다.

알아들은 계집과 성공 등 몇 단어로 상상력을 펼쳐 보았지만 정확한 내용은 알 수 없었고, 군사위원실 내부에서 지청천 총사령관과 군사위원 간 이견이 있다는 것만 확인했다.

알렉산더 사령관의 목소리는 한 번도 들리지 않았다.

"알리세요."

내부의 내용을 듣고 있는 내 모습에 안절부절못하고 있던 치안대원에게 말하자 그가 곧바로 문을 두드리고 들어갔다.

치안대원의 안내를 받아 안으로 들어가자 회의실에는 조성환 군사위원과 지청천 총사령관만 있었다.

"밖에서 들으니 큰 소리가 나던데, 무슨 문제인가요?"

"……별일 아니었습니다, 전하."

조성환 군사위원은 지청천 총사령관과 나를 번갈아 살피며 대답했다.

"다른 분들도 아니고, 두 분이 큰 목소리를 냈다는 것에 놀라서 물은 거예요."

평소 작전을 수립하면서도 조성환 군사위원과 지청천 총사령관 사이에선 이견이 거의 없었고, 이견이 있어도 두 사람은 차분한 대화로 결과를 도출해 왔기에 물은 것이다.

"……잠시 견해가 달라 의견을 나누고 있었습니다. 전하께서 신경 쓰실 일은 아닙니다, 전하."

내 연이은 추궁에 이번엔 지청천 총사령관이 조심스럽게 대답했다.

"두 분이 별일 아니라고 하니 그렇게 알고 넘어가겠습니다."

두 사람이 내게 감추는 게 있다는 느낌이 강하게 들어서 찝찝했지만, 더 추궁하지는 않았다.

"이쪽으로 앉으십시오, 전하."

조성환 군사위원은 자신이 앉아 있던 상석에서 물러나며 옆자리로 섰다.

처음에는 나보다 나이가 훨씬 많은 사람 사이에서 상석을 차지하는 게 익숙해지지 않았으나, 내가 상석이 아닌 자리에 앉으면 그들이 더 불편해했고, 이제는 상석에 앉는 게 자연스러워졌다.

"펑톈 탈환 성공에 정찰대의 성과가 있었다고 들었는데, 잘 복귀했나요?"

"아직 펑톈 교전이 완전히 끝난 게 아니라 정확히 확인하지는 못했습니다. 오늘 저녁 중으로 조금 더 상세한 보고가 올라올 것입니다, 전하."

조성환 군사위원이 서류를 한 번 더 확인하고 대답했다.

"그렇군요. 근데 알렉산더 사령관은 어디 갔나요?"

이곳으로 오면서 최지헌을 통해 알렉산더 사령관도 함께 회의 중이라는 말을 들어 이상해서 물었다.

"조금 전 한강 하구와 인천을 실사하러 출발했습니다, 전하."

"알렉산더 사령관은 인천 쪽으로 일본군이 온다고 확신하는가 보네요."

지청천 총사령관은 회의에 없었지만, 조성환 군사위원은 나와 함께 회의에 참석해서인지 멋쩍은 웃음을 지으며 대답했다.

"가장 가능성을 높게 보고 있습니다. 단지 참모부와 대한군에서 조금 다른 의견들이 나와 내부적으로 앞으로 진행 상황을 논의 중입니다, 전하."

"참모부는 그때와 마찬가지로 부산인가요?"

"그렇게 보고 있습니다. 여기 있는 지청천 총사령관을 비롯한 대한군의 판단도 부산이 가장 가능성이 높습니다."

조성환 군사위원의 말에 지청천 총사령관에게 설명을 요구하는 표정으로 바라봤고, 그도 내 시선을 받자마자 말을 꺼냈다.

"한강 하구는 그들이 상륙에 성공했을 때는 최선의 선택이지만, 이미 서울에 많은 폭격기와 전투기가 배치된 지금은 우리의 비행장은 한강 하구와 가깝고, 일본군의 비행장은 가장 가까운 곳이 산둥반도의 비행장과 후쿠오카의 비행장입니다. 이들은 오가는 데에만 수백 킬로입니다. 일본 해군의 지원을 통해 항공모함을 동원하지 않는다면, 일본 육군이 인천으로 상륙을 시도하지는 않을 것입니다. 제가 직접 부산의 해안선을 확인하고 온 결과, 부산항이 있는 부산부 지역은 해안선에 바위가 많아 상륙하기 힘들었습니다. 하지만 동래군에 속해 있던 해안을 확인했는데, 그곳은 모래톱이 길고 해안선이 길어서 모든 해안을 우리 군이 방어하기에는 무리가 있었습니다. 이철암 사단장이 대한인의 도움을 얻어 모래톱에 나무로 된 저지선과 상륙을 저지할 야포를 설치하기는 했으나 일본군이 상륙하고자 마음먹는다면 충분히 상륙할 수 있어 보였습니다, 전하."

"총사령관도 부산이 가장 유력하다고 생각하네요."

"그렇습니다, 전하."

"해안선에 모래톱이 길다면 모래톱에 상륙할 수 있는 상륙선이 필요한데, 일본 육군이 보유하고 있던가요?"

육군이 소유한 배 중에 딱히 상륙선이라고 할 만한 게 떠오르지 않아서 물었다.

일본 육군이 보유한 함선이나 수송선으로 부산으로 들어오자면 항구를 이용해야만 했다.

"신슈마루호를 비롯한 상륙함을 보유하고 있습니다. 정보부와 OSS에 확인한 결과, 일본 본토에 정박해 있는지는 알지 못하나 소형 상륙정을 실어 나를 수 있는 상륙함 두세 척을 보유해 작전에 투입하고 있음을 알려 왔습니다. 이건 해당 상륙함에 대한 정보입니다, 전하."

지청천 장군이 건넨 서류는 하나는 영어로 또 다른 하나는 한글로 적힌 것이었다.

그곳에는 일본 상륙함의 존재에 대한 정보와 지난 필리핀 상륙작전에서 필리핀 방위군이 확인한 상륙함에서 내린 상륙정의 수와 위력에 대해 적혀 있었다.

"서류에 적힌 성능이고, 상륙함이 전부 일본 본토에 있다면 충분히 부산 상륙을 노려 볼 수도 있겠네요."

상륙선의 위력은 기습일 때 드러난다. 하지만 이 배가 큐슈에서 출발해 인천으로 온다면 우리 초계기에 걸릴 가능성이 높았다.

지청천 장군이 부산의 상륙을 확신하는 데에도 근거가 확실했다.

"그렇습니다, 전하."

"부산에 상륙을 시도한다면 2사단이 얼마나 버틸 수 있나요?"

"제가 부산 지역을 실사하면서 김해의 2사단을 동래군 동래읍으로 이동시켰습니다. 미리 허락을 구하지 못한 점 죄송합니다, 전하."

"미군도 아니고, 대한군의 이동은 총사령관이 가진 권한이에요. 사과하실 필요 없어요."

"감사합니다, 전하. 제가 현장에서 이 사단장과 확인한 결과는 조금씩 후퇴하며 버틴다면 하루였습니다. 일본이 동래의 수군절도사영이 있던 해변에 상륙한다고 가정했을 때 큰 피해를 감수해야 하며 동래와 부산을 중심으로 하루 정도는 버틸 수 있을 것으로 예상합니다. 하지만 상륙을 완전히 틀어막기는 불가능해 보였습니다. 변경된 작전대로 3사단이 서울에 주둔하고 적이 상륙을 시도한 이후 움직인다면, 일본군이 상륙한다는 가정하에서 작전을 수립해야 합니다, 전하."

머리가 아파 왔다.

양쪽 모두 나름의 근거를 가지고 있었고, 어느 한쪽도 무시하기는 힘들었다.

부산 상륙을 원천 봉쇄하기 위해 모든 병력을 집중했을 때 적이 부산으로 상륙을 시도하지 않고 인천이나 군산으로 상륙하면 최악의 결과가 나온다.

특히 인천으로 상륙해 경성비행장이 타격을 받거나, 군산에 상륙해 남북으로 이어지는 대전의 철도에 타격을 입는다면 부산의 2사단은 서울의 지원을 받지 못해 후쿠오카비행장에서 날아오는 비행기와 남북의 일본군으로 인해 고사할 위험이 높았다.

"상륙을 원천 차단하긴 힘들어 보이네요. 1차는 해변 이후 2차 방어선은 이곳 수영강을 중심으로 하는 방어선을 구축합시다. 이곳 해변으로 상륙한다 해도 장산이 있어서 이 지역으로는 진격할 수 없고 동이나 서로 이동해야 하니 우리는 서쪽으로 2차 방어선을 구축합시다. 북으로는 해변을 따라 이동해야 하고 만약 동으로 이동해 북진한다면 철도를 이용해 대구를 중심으로 방어한다는 가정으로 작전을 수립하지요. 어떤가요?"

부산이 확대되어 부산 전역이 상세하게 그려진 지도를 보면서 말했다.

"수영강을 따라서 동래읍으로 향하는 길은 강 건너에서 우리가 견제한다면 일본이 쉽게 지나지 못하겠지만, 장산을 우회해 수영강 우측에 있는 동래읍으로 향한다면 동래읍에서 대규모 전투가 일어납니다, 전하."

일제강점기에 들어가면서 부산부가 커지고 동래부였던 동래는 군으로 격하되어 규모가 줄어들었지만, 그래도 오랜 세월 많은 사람이 살았고, 지금도 부산부와 동래군의 한 축을 담당하고 있는 지역이었다.

특히 일본인이 주로 생활했던 부산부와 다르게 동래는 대한인의 생활 터전이었고, 부산 탈환한 지금 부산부보다 훨씬 많은 사람이 살고 있었다.

"하지만 수영강 서쪽 지역은 내주면 안 됩니다. 우리가 장산을 중심으로 방어선을 펼치다가 자칫 잘못해 수영강을 중심으로 부산 철도와 연결 고리가 끊어지면 최악이에요. 이 지역 사람들에게 피난을 유도하는 방향으로 고려해 주세요."

"알겠습니다. 미군과 협의한 이후 결정한 결과를 말씀드리겠습니다, 전하."

"그런데…… 혹시 펑톈의 작전 성공에 뭔가 문제가 있었나요?"

내 질문에 편안히 대답하며 자신의 의견도 내던 두 사람이 입을 꾹 다물었다.

처음 이곳에 도착했을 때 들렸던 고성을 나름대로 해석해 질문을 던졌고, 작은 질문이었지만 두 사람에게 던진 파문은 그리 작지 않아 보였다.

혹시나 펑톈의 작전 회의에서 내가 여성 저격수가 포함된 조를 추천해 1사단으로 보낸 문제인가 해서 넘겨짚어 봤다.

"아닙니다. 아무런 문제도 없었습니다, 전하."

"그렇습니다, 전하."

두 사람의 반응에 분명 뭔가가 있다는 확신이 들었다. 그리고 그 문제가 내가 생각하는 여성 저격수 문제가 아니길 바랐다.

"……사람을 남녀로 차별하지 마세요. 동일한 조건을 통해 선발된 사람이라면 그만한 능력이 있는 겁니다. 지청천 총사령관도 훈련 결과를 확인해서 알겠지만, 제국익문사에서 선발해 요원 훈련을 받고, 미국에서 훈련을 마친 사람들은 모두 다른 남자들과 똑같이 훈련을 받았고 기준을 통과한 사람들이에요. 작전을 계획하고 진행하는 데 있어서 성별을 고려하지 마세요. 그들도 똑같은 군인일 뿐입니다."

이들이 이 문제로 이견이 있었는지는 알 수 없었다. 다만 위원회 일부 사람들과 미군 내에서 우리 군의 전투병 중 여성이 포함되어 있는 것에 불만을 가진 사람이 있다는 첩보를 독리를 통해 들어서 조심스럽게 말했다.

조선과 대한제국, 일제강점기에 이르기까지 이 나라는 남자를 중심으로 하는 가부장 제도의 사회였고, 여성의 사회 진출은 막혀 있었으니, 여군에 대해 부정적으로 생각할 수밖에 없다는 걸 알고 있었다.

하지만 2차 대전 중 소련의 전설적인 여성 저격수도 있었고, 우리나라에서도 그런 저격수가 나오지 말라는 법은 없었다.

거기다 다행히도 제국익문사는 정보 수집을 위해 여성 요원을 선발해 활동했던 전력이 있어 처음 중경 훈련소 훈련병 중에서 여성도 10여 명이 포함되어 있었다.

그중 일부가 다시 미군 훈련을 거쳐 2사단에 포함되었다.

나는 그들이 제대로 된 평가와 동등한 평가 기준으로 작전 기회를 받기를 원했다.

"……만주에서 독립군을 조직해 항일운동을 할 때에도 제 수하에 여성 군인이 있었습니다. 많은 숫자는 아니었으나, 그들도 유능한 대원이었습니다. 능력이 아닌 성별로 문제 삼는 일은 없을 것입니다, 전하."

두 사람은 내 말에 잠시 표정이 굳어졌고, 지청천 장군이 조심스럽게 내게 말했다.

"알고 있습니다. 그래서 총사령관이나 군사위원이 내 뜻에 반대하지 않았다는 것도 알고 있어요. 물론 신체 능력이나 작전 수행 능력이 우리가 기준으로 삼고 있는 수준에 미달한다면 당연히 배제해야지요. 그게 아니라면 모든 군인을 동등한 조건으로 판단해 주세요. 그들 모두 우리에게는 아주 소중한 전력이에요."

조성환 군사위원이나 지청천 총사령관이 마음속으로 내 뜻에 반대했다고 해도 내가 말하는 대로 따라왔을 것이란 걸 알았지만 모르는 척하며 그들이 내 뜻에 동의해 선택했다고 말해 더는 말이 나오지 않도록 못 박았다.

"전하의 말씀을 깊이 새기겠습니다, 전하."

군사위원이 대답했다.

두 사람의 말과 태도에서 여군 문제로 이견이 있었다면 반대했던 사람은 조성환 군사위원이 아닐까 생각되었으나 모르는 척 넘어갔다.

❋

사무실에서 서류를 정리하고 있을 때 최지헌이 들어왔다.

"외무위원이 도착했습니다, 전하."

"모시게."

최지헌이 나가고 곧바로 오랜만에 만나는 유일한 외무위원이 내 사무실로 들어왔다.

"오랜만에 미국은 잘 다녀오셨습니까?"

"전하의 배려로 편안히 다녀왔습니다, 전하."

11월에 있을 3국대일공동전선 회의의 의제를 미국과 조율하기 위해 미국을 다녀온 유일한 외무위원이 웃으며 대답했다.

"요즘 미국 분위기는 괜찮던가요?"

미국의 윤홍섭 박사의 편지로 보고를 받고 있었지만, 직접 워싱턴으로 가서 백악관과 미 의회를 방문하고 온 외무위원에게 물었다.

"이번 전쟁에 대해 낙관적인 분위기가 많습니다, 전하."

"불시에 기습당한 것에 비교하면 아시아 각 지역에서 일본에 역습을 가하고 있으니……. 윤홍섭 대사는 만나 보셨나요?"

원래 역사에서 미국의 분위기가 어떠했는지는 알 수 없으나, 지금보다 좋았을 것 같지는 않았다.

일본에 불시에 일격을 당하고 나서 자국의 분위기를 위해 급히 준비해 반격했던 게 툴리들 공습이었다.

실제 공습의 효과보다는 상징적 의미가 강한 작전이었다.

그런데 지금은 불과 1년 사이에 한반도와 일본 본토 중 하나인 홋카이도를 점령해서 좋은 분위기가 충분히 짐작됐다.

"워싱턴에서는 윤홍섭 대사에게 계속 신세를 졌습니다,

전하.”

“그가 우리 위원회의 미국 전권대사이니 제 일을 했다고 생각할 거예요.”

“윤홍섭 대사가 일찍부터 미국 정계를 오가며 친분을 다져 놓아서 여러 국회의원과 백악관 사람들을 만나기가 좋았습니다.”

“돈이 헛되이 쓰이지 않아 다행이네요.”

윤홍섭 대사에게는 황실에 숨겨 놓았던 돈 중에서 꽤 많은 양을 송금했었다.

특히 미국 정치인들에게 정책 제안을 하는 교수, 학자 들과의 친분부터 집권 여당인 민주당의 유력 인사들에게 지원하는 정치자금까지, 대한국에 우호적인 세력을 만들기 위해 꽤 많은 돈을 썼었다.

물론 미국의 유력 정치인에게는 그리 큰 금액은 아니었겠지만, 최소한 아시아의 어디 처박혀 있는지도 모르는 나라에서 대한국이라는 나라가 존재함을 그들의 머리에 넣을 수 있었다.

“외교위원회 소속의 민주당 해리 트루먼 의원이 상당히 우리에게 호의적이었습니다. 그는 이번 중간선거를 치르는 지역이라 제가 미국에 도착한 초반에 잠시 도움을 받은 후 자신의 지역구 선거 캠페인을 위해 떠나서 실제 만난 시간은 그리 길지 않았습니다. 하지만 그가 의회에 있을 때 외교위원회 위원장을 비롯한 양당의 외교위원회 소속 의원들을 소개받아서 미 의회가 원하는 외교 방향을 파악할 수 있었습니다. 그리고 떠나기 직전 그의 주선으로 샘 레이번 연방하원 의장도 잠시 만날 수 있었습니다, 전하."

"아, 그를 만나셨군요."

해리 트루먼을 지원한 것은 이후에 그가 미국 정치에 중심에 설 때를 대비하기 위해서였는데, 그가 생각지도 않게 외교위원회 소속이어서 많은 도움이 된 것 같았다.

"전하께서 직접 눈여겨보시고 지원하신다고 들었습니다."

"만나 보니 어떻던가요?"

"군인 출신이라 해서 조금 딱딱할 거라 생각했는데, 생각보다 유머도 넘치며 주변과 관계도 원만하고 유능해 보였습니다. 다만 임기 말이고, 이번 선거가 쉽지 않아서 의회 내그의 영향력이 많이 약해져 있는 상태였습니다. 상대 후보인멘델 험프리 데이비스 공화당 전 하원의원이 자신의 하원 지역구였던 곳의 높은 지지를 바탕으로 상원 선거 캠페인에서도 상당히 좋은 분위기를 만들고 있습니다. 특히 해리 트루먼이 상원에서 인상적인 활동이 없어서 더욱 불안해 보였습니다, 전하."

유능하다고 표현했지만 유일한 외무위원이 보기에도 해리트루먼은 정치에 그리 능한 사람이 아니라는 평가였다.

윤홍섭 대사도 유일한 외무위원도 한결같은 평가였다.

툴리들 공습 이후에도 미국 내에서 지지도가 반등하지 않았던 유약한 이미지의 민주당이었지만, 윤홍섭 대사가 반격 작전 이후 보낸 편지에는 미국 내 분위기가 상당히 반전되었다고 적혀 있었는데도 해리 트루먼에 대한 평가는 그리 달라지지 않은 것 같았다.

하지만 나는 해리 트루먼이 당선된다고 확신하고 있었다. 과거 역사가 그랬고, 또 내가 나서면서 역사가 바뀌긴 했어도 미국 민주당에게는 훨씬 좋은 방향으로 바뀌었으니, 그가 선거에서 질 거라고는 생각하지도 않았다.

"미 대통령과도 친분이 있고, 존 에드거 후버 연방수사국(FBI) 국장과도 친하다고 하더군요."

그래도 밑 빠진 독에 물을 붓고 있다고 느끼는 외무위원의 불안을 조금이라도 낮춰 주기 위해 말했다.

유일한 외무위원은 미 대통령에 대해서는 별다른 말이 없다가 FBI 국장을 말하자 갑자기 표정이 변했다.

"후버 국장과 친하다는 말은 처음 들었습니다, 전하."

후버 국장은 충분히 외무위원의 시선을 끌 만한 인물이었다. 이미 19년이라는 긴 시간 동안 FBI의 국장으로 미국 내 모든 정보를 한 손에 쥐고 있어서 그 누구도, 대통령조차 건드리지 못하는 존재였고, 일반 대중에게는 미국을 지키는 영웅인 사람이었다.

"대통령도 후버 국장도 해리 트루먼도 프리메이슨의 일원이에요. 물론 다른 지역 로지Lodge(프리메이슨에서 지역 거점을 뜻하는 말)이긴 하지만, 워싱턴에서 만났고, 서로 프리메이슨의 일원이란 걸 알고 있을 테니 충분히 친분이 생길 만하지요. 그렇다고 그 두 사람이 직접 드러내고 선거 캠페인을 도와주지는 않겠지만, 은밀하게 도움은 많이 줄 거라 생각해요. 그리고 이번 선거 전에 그가 미주리주 프리메이슨의 그랜드마스터로 지목된다는 이야기가 있었어요. 아마 그는 우리의 도움과 상관없이 충분히 선거에서 이길 수 있을 거예요. 그래도 그가 그랜드마스터로 지목되기 전에 지원해서 생색낼 수 있을 정도는 되니까 다행이지요."

프리메이슨이 세계 비밀 정부인지는 모르겠으나 미국 사회 내에서 하나의 종교로 상당한 영향력을 가지고 있었다.

해리 트루먼이 프리메이슨이란 것과 루스벨트 대통령과 존 애드거 후버 국장이 프리메이슨의 회원이라는 건 미래에서 봤던 다큐멘터리의 도움이었다.

사실 세 사람의 친분을 내가 직접 확인하지는 않았다. 다만 같은 프리메이슨으로 워싱턴에 있는 사람들 중 유력자가 꽤 있었고, 주변 관계가 원만한 해리 트루먼이 이 관계를 이용하지 않았을 리 없다고 생각했다.

그가 미주리주의 그랜드마스터에 지목된 것도 미국 내 제국익문사 요원이 조사하니 그리 어렵지 않게 알아낼 수 있는 정보였다.

프리메이슨에 가입한 개개인의 신상 정보에 대해서는 파악하기 힘들었지만, 지역을 대표하는 사람에 대한 정보는 그리 어렵지 않게 파악했다.

이미 친분을 형성한 윤홍섭에게는 괜히 말실수로 일이 틀어질까 해서 알려 주지 않았는데, 너무 불안해하는 외무위원에게는 안정시키려 내가 알고 있던 정보에 조금 살을 붙여서 말했다.

내겐 그가 프리메이슨의 회원이란 정보보다는 그가 상원의원에 재선될 것이고, 이후 제2차 세계대전을 마무리하는 대통령이 된다는 것이 더 중요했다.

"프리메이슨이 무엇입니까, 전하?"

미국에서 살았던 유일한 박사였지만 잘 알지 못한다는 듯 고개를 갸웃거리며 물었다.

"미국과 영국에 있는 일종의 사교 클럽 같은 거예요. 자유석공들의 모임이라고는 하는데, 처음에는 어땠는지 모르나 지금은 단순한 사교 단체일 뿐이에요. 자신들이 믿는 것을 함께 나누고 봉사하는 그런 사교 단체예요. 아! 참, 이 내용은 함구해 주세요."

대수롭지 않게 말하다가 혹시나 외교 자리에서 실수할까 하는 생각이 들어서 덧붙였다.

물론 이렇게 덧붙이지 않아도 신중한 성격의 유일한 외무위원이 말실수할 리는 없었다.

"알겠습니다. 저만 알고 있겠습니다, 전하."

"그럼 이번 방미 결과를 들어 볼까요?"

"이번 회담의 의제는 대일 전선을 형성함에 있어서 각국의 전선 형성과 미국의 랜드리스법으로 지원하는 자원을 어떻게 분배할 것인지, 전후 영토 분할과 전쟁을 일으킨 일본 제국에 대한 처분이 의제에 상정되어 있습니다. 그리고 중요한 변화가 있었습니다. 레닌그라드가 잠시 함락된 일이 생긴 이후 소련 내 대일 전선에 관한 기류가 변화했고, 소련의 특사가 대일 전선은 극동군만 참여한다는 내용의 스탈린 서기장에 친서를 백악관에 전달했습니다.

친서 내용에는 3국대일연합전선 정상회담에 부득이하게 참석하지 못한다는 내용도 포함되어 있었습니다."

"소련이 참석하지 않는다고요?"

대일 연합 전선을 구축하는 데 있어서 중요한 한 축인 소련의 불참이라 놀라서 물었다.

"그렇습니다, 전하. 처음 이 회의가 성사될 때에는 3국대일연합전선 정상회담이었으나, 소련의 불참으로 회담이 변경되었습니다. 이번 10월에는 워싱턴에서 대한국, 미국, 중화민국이 참석하는 태평양전선연합국 정상회담이 열릴 예정입니다. 그리고 이번 회담에서 대한국재건위원회는 연합국의 일원으로 1월 1일에 있었던 미-영 회담 이후 나온 선언인 연합국 공동선언에 추가로 서명할 예정입니다."

소련이 참석할 예정이던 때에 대한제국 황실과 대한민국 임시정부를 어떻게 연합국으로 인정받게 할 것인가를 논의했었는데, 내가 참석한 회의에서 대한국으로 연합국 공동선언에 추가로 서명하는 것으로 연합국 지위를 획득하는 게 가장 자연스럽고 좋겠다는 미국의 의견이 있었다.

우리보다 앞서 멕시코와 필리핀 에티오피아가 처음 공동선언에 참여한 것이 아니었고, 이후에 추가로 서명함으로 연합국의 일원이 된 전례가 있어서 우리도 같은 방식으로 풀어가는 게 좋겠다고 했었다.

하지만 상황이 변해서 외무위원의 말을 중단시키고 질문했다.

"소련이 참석하지 않는데도 예정대로 서명하는 건가요?"

"소련이 직접 참여하지는 않았지만, 이미 주미 전권대사인 윤홍섭 대사가 협상한 대로 대한국재건위원회가 정식 국가로 연합국의 일원으로 합류함을 인정하고, 또한 전후 옛 대한제국 영토에 대해 대한국재건위원회가 가지는 기득권旣得權을 인정한다는 내용을 미국 측을 통해 소련에 전달했고, 동의를 받았습니다. 이로써 연합국의 네 주축국 중 미국과 중화민국, 소련은 이미 대한국재건위원회를 한반도 유일의 정부로 인정했고, 영국에도 주미 전권대사인 윤홍섭 대사가 작성한, 소련에 전달한 것과 같은 내용의 대한국재건위원회의 공식 문서가 전달될 예정입니다. 연합국의 주축 네 국가

중 세 국가의 동의를 받은 상황이고, 미국에서도 적극적으로 돕고 있어서 영국의 동의도 어렵지 않게 받을 것으로 보고 있습니다. 또한, 3국 정상회담은 진행하지 못하지만, 워싱턴에서 회담 이후 중경에서 미국과 중화민국, 소련, 대한국의 군사 책임자들이 참석하는 2차 대일연합전선 군사 회의가 개최될 예정입니다, 전하."

"변수가 많았는데 윤홍섭 대사가 잘 정리했네요."

미국에서 많은 일이 진행되었다.

미국과 한반도는 엄청나게 먼 거리다. 윤홍섭 박사는 내가 독립 작전을 수립할 초기부터 나와 교류했던 사람이어서 누구보다 내 뜻을 잘 알고 있었다. 그런 그를 미국 전권대사로 임명해 미국에서 빠르게 대응할 수 있게 해 주었다.

그 덕분에 내게 서류가 오가지 않고도 소련의 돌발 변수에도 빠르게 대처해 외무위원이 좋은 결과를 가져왔다.

"그렇습니다. 윤홍섭 대사가 현명하게 대처해 이번 회담에 우리 대한국재건위원회는 초청국이 아닌 회의 참석국으로 참여할 예정이며, 그 안건에 대한 세부 내용은 보고서에 정리되어 있습니다."

"미국과 중화민국 그리고 우리가 참여한다면 별다른 이견은 없겠네요. 실제 대일 전선에 관한 내용은 2차 회담에서 진행될 테고요."

"그렇습니다, 전하."

이견이 있기 힘들었다.

우리나라와 중화민국은 미국의 지원이 절실하게 필요했고, 만약 회담에서 미국이 뭔가를 요구한다면 우리는 무조건 들어줘야 했다.

서로 갑을이 정확히 나뉜 상대이니 회담 형식은 갖추겠지만, 미국의 의견에 따라 진행될 것으로 보였다.

유일한 외무위원에게 전체적인 기본 보고를 듣고 나서 세부 사항이 적힌 보고서를 확인했다.

"보고서대로라면 소련이 대일 전쟁에서 한발 빼는 모양새인데 내가 잘못 생각한 건가요?"

서류를 살펴보니 지금 참전한 극동 사단을 제외하고는 동부전선의 상황이 호전될 때까지 병력 추가는 없다는 내용이 적혀 있었다.

"지금 참여한 병력에서 증강은 힘들다는 게 소련의 입장입니다, 전하."

"호전이란 표현도 애매하네요."

"우리가 직접 소련과 소통을 하지 않아서 정확한 명문은 알지 못하고, 서류의 내용은 미국 국방성에서 소련과 소통을 담당하는 차관보에게 통보받은 것입니다. 그래서 실제 명문과 미묘하지만 약간의 차이가 있을 수도 있습니다, 전하."

실제 그가 건넨 서류는 영어가 먼저 적혀 있고, 그 아래에 해석된 한국어가 적혀 있었다.

외교 관계에서 미묘한 단어 차이가 큰 결과로 다가올 수 있지만, 이 부분은 미국이 소련과 소통한 내용이라 우리가 알 수 없는 부분도 있어 보였다.

"최악의 경우 소련이 만주 쪽의 병력 일부도 철수할 수 있다고 생각하고 대비해야겠네요."

소련이 일본과의 전투에 적극적으로 참여하지 않는다는 건 동아시아 전투에 참여해 많은 대가를 얻지 않겠다는 말이 되었다.

"쉽지는 않을 것입니다. 미국은 11월에 있을 중간선거 이전까지 한반도와 홋카이도 전선을 지키면서 관동군을 상대로 한 전투에서 최대한의 성과를 올리고 싶어 했습니다. 또 소련이 지금 독일을 상대로 전투를 버티고 있는 것은 미국의 물자 지원이 있기에 가능한 것이라, 아시아 전선의 병력을 철수하려 하면 미국의 지원을 포기할 생각을 해야 합니다, 전하."

"그건 양쪽이 필요에 의해서 묶여 있는 상황이라고 봐야 해요. 미국은 풍부한 자원은 있으나 모든 전선에서 자국 병력으로 전투를 치를 수는 없어요. 물론 소련도 미국의 지원 없이 지금 전투를 치를 수도 없는 건 마찬가지예요. 뭐……양쪽의 이해관계가 맞아떨어진 결과이니, 외무위원 말에 일리가 있기는 해요. 양측 모두 지금 상황에서 한발 빼는 건 불가능해요. 단, 우리는 이 상황을 지켜보는 게 아니라 우리에게 이익이 되도록 이용할 방법을 찾아야겠네요."

"외무부에서 논의해 보겠습니다, 전하."

"다른 사항은 없었나요? 외무위원이 미국에서 보고 들은 것 중에서 조금 마음에 걸리거나, 이상해 보였던 부분요."

"특별한 사항은 없었습니다……. 아! 이건 제가 느낀 개인적인 생각인데, 현 미국 대통령인 루스벨트 대통령과는 다르게 해리 트루먼 상원의원은 소련에 끌려가는 듯한 인상을 주는 지금의 외교 관계를 상당히 우려한다는 느낌을 받았습니다."

"어떤 부분에서요?"

아직 냉전으로 공산 진영과 자유 진영 간의 대립이 시작되지 않았고, 미국 내에서도 소련을 적성국으로 인식하지 않는다고 생각했는데, 해리 트루먼에게서 우려를 발견했다고 해서 되물었다.

"정확히 꼬집어 이야기하지는 않았으나 대화 전반에 자유민주주의와 결이 다른 공산당에 대한 우려가 깔려 있었습니다. 거기다 해리 트루먼 상원의원뿐 아니라 외교위원회의 일부 의원들은 이번 전쟁에서 승리하고 나면 소련이 미국의 안전에 가장 큰 위험요소가 될 수도 있다고 보고 있었습니다. 해리 트루먼 상원의원은 저와의 대화에서 은근히 중국공산당과 함께 활동하고 있는 대한인 공산주의자인 조선독립동맹에 대해 껄끄러운 감정을 드러냈었습니다, 전하."

"대한국을 위해서 그 부분을 이용하면 좋은 결과가 있을 수도 있겠네요. 그런데 소련을 미국의 적으로 본다고요? 영국이 아니라?"

"그렇습니다. 영국은 전통적인 적이자 동지이며, 우방이자 라이벌이었습니다. 가장 경계를 하는 건 맞지만, 소련을 우려하는 것과는 조금 달랐습니다. 미국은 영국을 적이라 생각하지만, 직접 전쟁을 치를 상대로는 생각지 않습니다. 선의에 경쟁자 정도로 생각합니다. 하지만 제가 만났던 외교위원회의 반수 이상의 의원들은 소련이 동맹국이나 선의에 경쟁자보다는 나치 독일이나 일본국과 같은 잠재적인 적성국으로 보고 있었습니다, 전하."

"미 대통령도 같은 생각일까요?"

"직접 대화를 해 볼 수 없어서 잘 알지 못하겠습니다, 전하."

"제가 알기로 그는 공산주의에 대해서 그리 부정적이지 않았는데……. 지난번 만남에서 소련에 대한 반감은 느끼지 못했었고……."

내가 알고 있는 단편적인 기억과 기록으로 루스벨트에 대해 판단을 하기는 힘들었다.

역사는 승리한 이의 기록이었고, 루스벨트는 전쟁이 끝나기 전 사망해 그가 전략적 이익을 위해 공산주의에 대한 반감 가졌지만 숨겼는지, 아니면 아예 안 가진 것인지 그것도 아니면 진짜 공산주의에 대해 긍정적으로 보고 있었는지 확신이 서지 않았다.

내가 한참을 말없이 생각에 빠져 있자 외무의원이 조심스럽게 말을 꺼냈다.

"루스벨트 대통령의 정확한 마음은 알지 못하나, 미국 내 외교를 이끌어 가는 이너서클의 일원들은 분명히 공산주의자와 소련을 미래에 자신들의 국가 안보를 위협할 위험 요소로 보고 있었습니다. 미국의 정치 지형은 대통령이라 해도 혼자서 독단적으로 행동하기는 힘드니, 미국 정가는 공산주의에 대해 반감을 품고 있다고 보고 전략을 수립하시는 게 좋아 보입니다, 전하."

"……외무부는 그 관점에서 외교 전략을 수립해 주세요."

외무위원의 생각은 충분히 타당했고, 고개를 끄덕일 수밖에 없었다.

"혹시…… 전하께서는 전혀 조선독립동맹을 받아들일 생각이 없으십니까, 전하?"

외무위원이 조심스럽게 물어 왔다.

내가 지금까지 보인 행보에서 공산당에 대한 반감이 충분히 느껴서 하는 질문이라고 생각됐다.

"있어요. 하지만 그들을 받아들이는 건 우리의 정치가 안정된 다음이에요. 우리 국민이 허황한 말에 휘둘리지 않고, 그들도 허황한 주장을 하지 않는 그때 받아들일 생각이에요."

"……전하께서는 왜 그들의 사상을 배척하시는지 여쭤봐
도 되겠습니까, 전하?"

지금 이 시대를 살아온 외무위원의 질문은 그리 무리한 것
은 아니었다.

아직 레드 컴플렉스나, 레드 스케어(적색공포)가 제대로 형
성되지 않았고, 미국 내에도 미국 공산당이라는 이름을 내건
정당이 수만의 당원을 가지고 버젓이 활동하고 있었다.

그런데 나는 외무위원이 보기에 너무 민감하다 할 정도로
마르크스-레닌주의자들을 배척하고 있어서 이런 질문을 해
온 것이다.

"마르크스-레닌의 이상은 좋지요. 하지만 거기에는 사람
의 야망이나 욕심 같은 사람의 마음이 들어가 있지 않아요.
자본주의는 노력한 만큼 결과를 가져가게 만들어 인간의 마
음속 깊은 곳에 있는 욕망을 자극해서 발전적인 노력을 개인
이 하게 만들지만, 그들이 주장하는 공산주의에 공동 생산,
공동 분배는 말은 좋게 들리지만 다르게 말하면 더 노력한
사람도 적게 노력한 사람도 같은 분배를 받으니, 노력할 필
요가 없어지고, 결국에는 전체 생산량의 저하를 가져와요.
이는 국가에 좋을 게 없지요. 또한, 마르크스-레닌주의자들
이 생각하는 이상적인 국가인 모두가 평등하게 잘사는 국가
는 과거 엘 도라도를 갈망했던 사람들과 전혀 다를 것 없다

고 생각해요. 강제로 이뤄지는 경제적 평등을 기초로 모든 방면에서 완벽한 평등을 추구한다고 하지만, 그들이 추구하는 국가는 국민에 의해 국민을 위해 만들어진 국민의 국가가 아닌, 사상가들이 생각하는 완벽한 국가를 위해 국민이 맞춰져 만들어지는 국가이니, 종국에는 국가를 위해 국민의 자유를 침해하고, 자신들이 완벽하다고 믿는 사상과 다른 사상은 틀렸다고 규정하고 인정하지 않을 거예요. 내 생각에는 국가 체재에는 엘 도라도가 없어요. 마르크스나 레닌이 뛰어난 사상가일지는 모르나 완전무결한 사상가는 아니에요. 인간은 신과 같은 완전무결한 존재가 아니고, 그렇기에 인간이 만든 제도라면 완벽한 정치제도는 없어요. 나는 그래서 지금껏 있었던 정치제도 중 가장 나쁜 것을 배제해 나가는 방식의 자유민주주의가 지금 있는 제도 중에서 가장 덜 나쁜 제도라고 생각해요."

한참을 말하고 나니 나보다 훨씬 많은 세월을 살아왔고, 미래에서도 사회적으로 도덕적으로 성공한 기업가라 평가되는 유일한 박사에게 정치를 가르치고 있다는 생각이 들어 머쓱해졌다.

탁자 위에 물을 마시며 조금은 머쓱한 기분을 추슬렀다.

"많은 고민을 하셨던 것 같습니다. 저는 우리나라의 독립만 생각하고 있었사온데, 전하께서는 그 이후까지 보고 계셨다는 게 참으로 부끄럽고 존경스럽습니다, 전하."

다행히 혹시나 내 말에서 뭔가 이상하거나, 실수한 게 있을까 걱정했는데, 외무위원은 조금 다른 면에서 감동하였는지 감격한 표정으로 내게 말했다.

"아니, 외무위원도 내가 너무 일을 많이 시키지 않고, 이 자리에 있었다면 나보다 더 좋은 생각을 했을 거예요."

지금까지 내가 겪은 유일한 박사는 만약 나처럼 미래의 지식을 가지고 있었다면 더 좋은 결과를 만들 수 있는 사람이었다.

역사를 배우며 나라가 반으로 쪼개진 건 강대국의 이익에 부합하는 부분도 있었지만, 한반도 내에 극심한 좌우 대립도 한몫 보탰다고 생각됐다.

그러니 자연스럽게 해방된 국가의 정치제도를 고민할 수밖에 없었다.

외무위원은 앞으로 해방된 조국에게 어떤 일이 벌어질지 모르니 생각하지 못할 수밖에 없었다.

"과찬이십니다, 전하."

"당연히 그럴 능력이 있으니 하는 말이에요. 그럼 보고할 것은 전부 끝났나요?"

미국 이야기는 마무리되는 느낌이 들어서 물었다.

"제가 드릴 말은 끝났습니다. 세부적인 회담 안건과 군사 회담에 관한 부분은 보고서에 작성해 놓았습니다, 전하."

"먼 타국에서 고생하고 온 분을 도착하자마자 너무 피곤하게 한 것 같네요. 오늘은 이만 퇴근해 쉬시고, 내일 조회 때 뵙죠."

외무위원은 거의 2주일간 미국을 다녀왔고, 돌아오자마자 내게 보고를 하러 들어와서 경성에 남은 가족의 얼굴도 못 본 상태라 말했다.

"전하의 배려 감사합니다. 잠시 사무실에 들러서 기본적인 사항만 확인한 이후 퇴청하겠습니다, 전하."

"……너무 무리하지 마시고, 기본적인 사항만 점검하고 오늘은 되도록 쉬세요."

어차피 그냥 들어가라고 해도 내게 비밀로 하며 남아서 일할 사람이어서 더는 강권하지 않았다.

"감사합니다, 전하. 그리고 이건 제 사직청원서입니다. 이번 전쟁이 끝날 때 윤허允許해 주시길 간청드립니다, 전하."

이야기를 잘 마치고 웃으며 짐을 챙기던 유일한 외무위원은 자리에서 일어나기 전 내게 작은 봉투를 내밀었다.

앞뒤 없이 갑자기 튀어나온 사직서에 놀라 잠시 아무런 말을 못 하다가 입을 뗐다.

"이게 무슨 뜻인가요?"

순간 이해가 안 되다가 미국에서 무슨 일이 있었나, 아니면 유한양행을 경영하기 위해 그만두는가, 그것도 아니면 내가 너무 일을 많이 시켜서 그만두려고 하는 건가 하는 생각까지 미치며 오만 가지 생각이 내 머릿속을 떠돌았다.

많은 나이임에도 자원해 미국에서 훈련을 받았고, 목숨을 걸고 반격 작전에 참여했던 유일한 외무위원이었기에 그가 내민 사직서가 더 이해되지 않았다.

"마음 같아서는 지금 물러나고 싶지만, 그건 위원회에 부담을 주고, 전하께 폐를 끼치는 것 같아 전쟁이 끝난 후 전하께서 받아드려 주셨으면 좋겠습니다, 전하."

"왜 그만두겠다는 거예요? 유한양행에 무슨 문제가 생긴 건가요? 아니면 건강에?"

유일한 외교위원은 자신의 설명이 부족했다는 걸 알았는지 급히 고개를 저으며 대답했다.

"아닙니다, 전하. 제가 물러나려 하는 이유는 야나기하라 히로시柳原博라는 이름을 가진 사람 때문입니다. 이미 1년 전부터 인연을 끊고 사는 동생이지만, 엄연한 제 가족입니다. 그가 일본의 전쟁을 지원하는 부역 행위에 가담했고, 지금 위원회에서 마련 중인 임시 헌법의 반민족 행위자 처벌에 관한 특별법에 직계가족의 공직 진출을 제한하는 부분이 있다고 들었습니다. 그러니 제가 물러나는 건 당연한 일입니다, 전하."

"아니, 아니, 잠시만, 잠시만요."

다른 사람은 몰라도 유일한 박사는 전혀 생각지도 않았다.

그가 일제하에서, 또 독립된 대한민국에서 어떻게 살아왔었는지 너무 잘 알고 있어서 그의 가족 중에 부역자가 있으리라고는 생각하지도 않아서 놀라 당황했다.

"……동생이 반민족 행위자라고요?"

"연은 끊었으나, 부끄럽게도 저와 같은 핏줄의 사람입니다. 제가 미국에 머무는 사이 유한양행에 사장으로 있으면서 개인 명의와 유한양행 명의로 일본 육군에 엄청난 금액의 헌금과 헌납금을 지원했습니다, 전하."

"……고민해 봅시다. 아니, 아니, 내가 고민해 보지요."

처음 듣는 이야기라 전후 상황을 파악할 필요가 있어서 어떤 결과도 못 내리고 대답했다.

그의 동생이 누구인지, 또 그가 어떤 반민족 행위를 저질렀는지 강요에 의한 행위가 아닌 본인의 의지로 한 일인지까지 모두 확인할 필요가 있었다.

"반려하시면 안 됩니다, 전하. 연을 끊고 산다곤 해도 저와는 핏줄이 이어져 있습니다. 그런 야나기하라 히로시를 생각하고, 성재 같은 분을 보면 위원회에 외무위원을 맡고 있다는 것 자체가 항상 부끄럽습니다. 전하께서 제 사직서를 반려하시면 전하의 뜻과는 다르게 이후 역사가들에게는 제가 이번 위원회와 이후 대한국재건국에 가장 큰 오점으로 남을 것입니다. 미국과 소통을 해야 하는 지금 제가 그만두면 전하께 다른 부담을 드리는 것이라 제가 필요하신 순간까지 위원회에서 돕겠습니다. 전쟁이 끝나기 전이라도 전하께서 후임을 정해 주시면 그에게 인수인계하고, 위원회 밖에서 위원회를 돕겠습니다, 전하."

"외무위원의 뜻은 잘 알겠어요. 그런데 몇 가지 말해야 될 게 외무위원의 뜻은 잘 알겠지만, 굳이 외무위원이 떠날 필요는 없어요. 반민족행위자특별법에 명문화된 사회적 제약 연좌 제도는 가족이 아니라, 1촌 내 직계존속과 직계비속, 배우자로 한정되어 있어요. 외무위원은 직계가 아닌 방계이니, 외무위원의 아버지가 반민족 행위자가 아니라면 해당이 되지 않아요. 또한, 야나기……."

말을 잘 이어 나가다가 외무위원이 자신의 동생을 동생이라 부르지 않고 일본식 이름으로 부르는 게 절연해서 동생이란 명칭으로 부르지 않는 것으로 보여 그렇게 말하려다가 그의 이름이 정확히 기억나지 않아 말이 끊어졌다.

"야나기하라 히로시입니다, 전하."

"그래요. 아무튼, 그가 반민족행위자특별법의 연좌 제도 대상자가 되려면 그가 1, 2급 반민족 행위자가 되어야 하니, 아직 처벌조차 되지 않은 지금에 이런 말을 하는 건 너무 이르네요."

처음 이 특별법을 제안할 때는 반민족 행위자의 직계가족으로 한정한다는 내용으로 제안되었는데, 이는 반민족 행위자를 중심으로 1촌 내에 있으면 해당한다는 뜻이었다.

하지만 최종적으로 공표된 반민족 행위자 처벌에 관한 특별법은 직계존속, 직계비속, 배우자만 연좌 제도에 적용된다고 바뀌었다.

"……저를 위해 문장을 바꾸셨……."

처음에는 당황하다가 잠시 후 화가 난 듯한 외무위원의 말을 끊어 버렸다.

"아니요. 사실 외무위원의 형제 중 그런 사람이 있다고는 생각조차 못 했어요. 명문이 바뀐 건 많은 독립운동에 참여했던 사람과 처음 그 법을 제안했을 때 생각했던 뜻이 있어서였어요. 이 법을 처음 만들 때 공직에 진출을 막는 법을 생각한 이유는 반민족 행위를 한 사람에 대한 처벌의 의미보다는 반민족 행위를 했던 사람은 알게 모르게 함께 살았던 직계존비속에게 정신적 영향을 미칠 가능성이 높아서였어요. 형제나 자매, 남매는 상대적으로 영향을 적게 받고, 독립운동을 했던 사람 중에서 형제간에 의견이 달라서 갈라진 경우도 많아 가족 모두를 적용하면 독립운동에 목숨을 바친 사람들에게 영향을 줄 수 있다는 의견에 따라 직계존비속으로 축소되었어요. 외무위원이 이 범위에 들어갈 줄은 몰랐는데, 위원장과 부위원장이 우려했던 부분에 외무위원도 포함되어 있었네요."

"하지만…… 전하께는 송구하지만 제 뜻은 이전과 같습니다. 제 가족 중 반민족 행위자가 있는 건 사실입니다. 위원회의 미관말직微官末職도 아닌 핵심 인사인 외무위원의 가족 중에 반민족 행위자가 있다면, 위원회의 오점이 된다는 생각은 변함이 없습니다, 전하."

"······외무위원의 뜻은 잘 알겠으니, 제가 심사숙고하겠어요."

그에게 확답을 주지는 못했다.

외무위원은 대한국의 외교를 책임져야 하는 중요한 자리였고, 특히 가장 중요한 우방국인 미국과 소통하자면 미국 정계에서 인지도가 있는 인물이어야 했다.

지금 당장 떠오르는 얼굴은 윤홍섭 미국 대사가 있었지만, 그가 외무위원이 되기 위해 한국으로 들어오면 미국 내에 우리를 이어 줄 인물이 없어서 유일한 외무위원의 뜻을 이 자리에서 승낙할 수는 없었다.

"알겠습니다, 전하."

내 뜻이 확고해 보였는지 외무위원이 더는 자기 뜻을 주장하지 않고, 내 판단에 맡겼다.

"먼 곳에서 고생하고 오셨으니 급한 업무만 마치고, 오늘은 휴식하세요."

내게 인사하고 사무실을 나가는 외무위원에게 인사하고 그를 내보냈다.

8장

외무위원이 나가고 얼마 안 돼 내 호출을 받은 독리가 내 사무실로 들어왔다.

"방금 외무위원의 사직서를 받았어요. 알고 계셨나요?"

"그의 동생 때문입니까, 전하?"

독리는 내 추궁에 잠시 머뭇거리다 대답했다.

"알고 계셨네요."

"저도 치안대의 보고를 받고 알게 되었습니다. 그의 동생이 민족 반역자로 분류되었지만, 아직 재판도 시작되지 않아서 전하께 보고를 드리지 못했습니다. 미리 말씀드리지 못해 송구합니다, 전하."

지금까지 실수를 하지 않았던 독리였고 내 입안의 혀처럼 내 뜻을 미리 알고 했던 사람이었기에 뭔가 뜻이 있을 것이라 생각되어 그를 질책부터 할 수는 없었다. 사실 확인이 먼저였다.

"그는 몇 급으로 분류되었나요?"

"아직 평리원에서 재판하기 전이여서 제가 판단할 수는 없습니다, 전하."

"1급 기소자에 대한 정보는 이미 제국익문사 한성사무소에서 많이 수집해 평리원에 넘기지 않았나요?"

1급 기소자는 독리가 한성사무소에 있으며 수집한 정보를 바탕으로 대부분 분류되어 있는 상태였다.

평리원의 검사도 그 자료를 바탕으로 기소를 준비하고 있었다.

"그렇습니다, 전하."

"그럼 수집한 내용을 바탕으로 알고 있는 대로만 말하세요."

"제 개인적인 판단으로는 그가 1급 반민족 행위자로 분류될 가능성이 높습니다. 유한양행의 이름을 빌린 금액에 대해 어떻게 평리원에서 판단할지는 모르나, 야나기하라 히로시란 이름으로 헌납한 금액은 1급 반민족 행위자로 분류하기에는 모자랍니다. 하지만 평리원에서 그가 유한양행 사장으로 있으면서 유한양행의 돈을 일본 육군에 헌납한 것을 유한양행의 회사 차원의 헌납으로 판단할지, 또는 사장 개인의 의

지로 회사를 이용한 것으로 판단할지 아직 판결이 나지 않은 사항입니다. 다만 같은 기업집단의 유한무역공사가 전혀 헌납하지 않은 부분을 고려했을 때, 회사 차원이 아닌 사장 개인의 판단으로 유한양행이라는 기업을 이용해 헌납했다고 평리원에서 판단할 수 있어서 그가 1급 반민족 행위자로 기소될 가능성이 있습니다, 전하."

독리의 말을 들으니 위원회의 반민족행위자특별법에서 직계가족에게만 연좌 제도를 적용한다고 공표했지만, 유일한 외무위원에게는 동생이 충분히 부담스러울 수 있겠다고 생각되었다.

"독리가 그리 판단했다면 평리원의 뜻도 같겠네요. 이 중요한 것을 왜 보고하지 않았나요?"

독리는 내 손발이자 눈이고 귀였다. 지금껏 정보를 미리 파악하지 못해서 일어난 일이 아닌 이번과 같은 경우는 처음 있는 일이었다.

독리는 내게 오는 모든 정보를 확인하고 분류해 내게 보고하는 사람이다.

지금까지는 정보를 분류는 했지만, 그의 뜻대로 재단해 보고하는 경우는 없다고 알고 있어 이번 일이 더 크게 다가왔다.

"유일한 외무위원은 청렴하고 부역 행위에서 깨끗한 사람입니다. 그런 그에게 동생은 벼룩과 같은 존재입니다. 벼룩

한 마리 때문에 초가삼간草家三間을 다 태울 수는 없다고 생
각했습니다. 또한 아직 정확한 판결도 나오지 않은 일을 미
리 보고드려서 긁어 부스럼을 만들 필요가 없다고 예단豫斷
했습니다. 송구합니다. 다시는 제가 예단하는 일이 없도록
하겠습니다, 전하."

독리는 내게 죄송함을 온몸으로 표현하면서 사과했다.

"……독리는 내게 아버지와 동격의 존재예요. 내가 이 모
든 일을 준비하고 실행하는 데에 아버지가 정신적으로 도움
을 주었다면 독리는 모든 행동을 직접 실행에 옮겨서 내 뜻
이끌어 주었어요. 독리와 나 사이에 신뢰가 없다면 여기까지
오지도 못했을 거예요. 이번 일은 없었던 일이에요. 하지만
앞으로는 이런 일이 일어나지 않도록 부탁드려요."

일전에 내가 전제군주가 될 수 있다고 생각했던 것과는 완
전히 다른 일이었다.

이 일은 심하게 말하면 모든 정보를 쥐고 있는 독리가 나
를 기만한 것으로도 볼 수 있었다.

물론 독리가 나를 기만할 생각을 가지고 행동하지는 않았
지만, 결과적으로는 나를 기만한 것이었다.

지금 독리가 마음먹고 내 눈과 귀를 가리고 제 뜻대로 권
력을 휘두르면 어떤 일이 일어날지 생각하니 몸에 소름이 돋
을 정도로 무서웠다.

독리가 권력욕이 있는 사람이었다면 망한 나라의 군주가

아니라 일본에 붙어서 충분히 잘 먹고 잘 살 기회가 있었는데 그 기회를 붙잡지 않은 것으로 그가 대한제국을 위하는 충정은 충분했다.

하지만 이런 일이 또다시 일어나서는 안 되니 다시 생기지 않도록 그에게 부드럽지만 강하게 말했다.

"말씀 명심하겠습니다. 다시는 소인이 예단해 일을 그르치는 일이 없을 것입니다, 전하."

"독리는 내 사람이에요. 나는 지금까지와 똑같이 독리를 신뢰하고 있어요."

"실망시켜 드리지 않겠습니다, 전하."

"고맙습니다."

내 대답에 독리는 잠시 당황했다.

"……김구 위원장을 포함해 모든 위원회 사람의 친인척 중에 반민족 행위자로 분류되어 있는 자료를 다 정리해 보고서를 만들어 오늘 내로 보실 수 있게 올리겠습니다, 전하."

위원장을 포함한 모든 인사라고 하니 조금 무서운 생각이 들었다.

혹시 위원회 내에 너무나도 많은 사람의 가족이 반민족 행위자로 분류되어 있을지도 모른다는 생각이었다.

"……혹시 유일한 외무위원을 제외하고 위원의 직계가족 중에 1, 2급이 아니더라도 반민족 행위자로 연루된 사람이 있나요?"

"지금 체포되거나 밝혀진 경우는 없습니다. 일부 가지고 있는 자료도 1급 행위자로 분류될 경우는 유일한 외무위원의 동생을 제외하고는 없습니다, 전하."

독리의 대답에 안도의 한숨이 튀어나왔다.

해가 떨어지고 나서 독리가 위원회에 반민족 행위자와 관련된 사람을 정리한 보고서를 가지고 내 사무실에 왔다.

지금까지 파악된 서류의 양은 상당히 많았지만, 임시정부 출신의 사람들은 대부분 가족이 함께 독립운동에 투신한 경우가 많아서 반민족 행위자에 해당하는 사람이 거의 없었는데, 몽양이 이끌었던 지하동맹 출신의 사람 중 일부가 포함되어 있었다.

대부분 직계가족보다는 방계가족 중에 1, 2급으로 분류될 가능성이 있는 반민족 행위자가 몇 명 포함되어 있었다.

"생각보다 많은 숫자네요."

한 명도 없기를 바랐던 건 내 헛된 꿈이었는지 서류에는 10여 명의 사람의 이름이 적혀 있었다. 아니, 위원회 전체의 숫자를 생각하면 많은 숫자가 아닐지도 몰랐다.

"4촌 이상의 가족까지 포함하면 더 많아질 것입니다. 또한, 이 서류는 제국익문사에서 파악한 것을 토대로 작성된 것이어서 장기간 중국에 머물렀던 임시정부의 사람들과 위원회나 대한군에 합류한 지 얼마 되지 않은 사람들에 대해서는 아직 제대로 파악하지 못한 부분이 많습니다."

"그렇겠네요. 어쩔 수 없는 부분이고 앞으로 차차 확인해 나가야 해요."

서울과 수복한 지역에서 모병한 훈련병들에 대해서는 기본적인 사항은 조사했지만, 중앙 전산화 시스템 같은 것이 없이 오직 손으로 모든 것을 분류하는 지금 시대에 한 번에 모든 걸 파악한다는 게 불가능해서 독리의 말에 고개가 끄덕여졌다.

"그렇습니다, 전하. 대한군과 치안대를 위해 공개 모집으로 사람을 받아들여서 예전과 다르게 위원회에 소속된 사람의 숫자가 기하급수적으로 늘어났습니다. 그래서 내부의 사람을 전수조사 하기는 이제 불가능해 1급 반민족 행위자로 확정판결이 나고 나면 판결받은 수형자를 중심으로 주변 인물들을 파악해 나갈 예정입니다, 전하."

"정보국의 일이 너무 많네요."

"일부는 평리원과 내무부 감찰과와 나누고, 이후 전쟁 상황에 따라 제국익문사 출신의 사람들이 중심인 2사단의 훈련병을 통해 인원이 충원되면, 그중에서 다시 정보국으로 전출할 예정입니다, 전하."

2사단의 군인들은 미국에서 군사훈련을 받았지만, 그들은 제국익문사에서 중경훈련소를 통해 요원으로 키워진 사람들이었다. 원래 제국익문사 소속이었으니 그들도 군인보다는 정보국을 더 편하게 생각할 수 있었다.

"독리가 시기를 잘 판단해 진행하시고, 이후 상황은 보고서를 통해 알려 주세요."

"알겠습니다, 전하."

"그런데 위원회 내에는 특별법의 연좌 제도에 해당하는 사람이 한 명도 없는 건가요?"

독리가 가져온 보고서에는 형제, 남매나 3촌 이상의 친척 중에는 일부가 1, 2급의 반민족 행위자로 분류된 사람이 있었는데, 특별법의 연좌 제도에 해당하는 사람은 없었다.

"있었습니다. 특별법에 해당하는 인물은 법무위원이 위원장과 부위원장에게 통보했고, 두 명은 특별법의 내용과 해당하는 부분을 해당하는 본인에게 통보한 이후 위원회 내부가 아닌 박영규 재정위원의 도움을 얻어 위원회 밖에서 위원회의 일을 돕는 일로 이동시켰습니다. 그 명단은 여기 있습니다, 전하."

독리가 따로 건넨 보고서를 확인하자 네 명의 이름이 적혀 있었다.

그들 각각은 박영규 재정위원이 운영했던 기업에서 일하며 위원회에 필요한 물품을 조달하거나, 일본의 건설 업체가 남기고 간 장비를 인수해 전쟁에 필요한 건물을 짓는 데 관리자로 투입되어 있었다.

"가족이 한 일 때문에 위원회에서 배제되었으니 되도록 그들이 소외당하고 있다고 생각하지 않도록 잘 챙겨 주세요.

이들도 우리와 함께 목숨 걸고 나라를 독립시키려고 노력한 사람이에요."

"위원장과 부위원장, 법무위원 세 사람 모두가 같은 생각이었습니다. 세 사람이 직접 본인과 대화하고 불가피함을 전달했고, 당사자들도 이해하고 받아들였습니다, 전하."

보고서에는 네 명의 이름이 적혀 있었는데, 이 네 명의 마음이 얼마나 쓰릴지 짐작조차 되지 않았다.

특히 가장 눈에 띈 사람은 만주국의 관동군에 자진 입대 이후 탈출해 수천, 수만 리를 걸어서 중경의 임시정부로 합류한 청년이었다.

그의 아버지는 경상도에서 사업을 하는 사람으로 총독부와 친밀한 관계를 만들어 사업에 성공했다.

그는 조선임전보국 대구 지부의 핵심 인사로, 우리 대한인을 강제로 전선으로 보내는 데 큰 역할을 했고, 사업을 통해 벌어들인 돈 중 상당 부분을 중일전쟁과 태평양전쟁을 위한 헌납금으로 총독부에 헌납한 혐의를 받고 있었다.

그런 아버지와 달리 아들은 아버지의 영향력에서 벗어나 임정으로 합류하기 위해 관동군에 자원입대까지 했다가 탈출하고, 임정으로 합류해 임시정부의 허드렛일부터 시안 전투까지 직접 참여해 독립운동을 한 사람이었다.

그는 나라를 팔아먹고 호의호식하는 아버지와 인연을 끊고 나라를 위해 목숨을 바쳤는데, 그의 아버지 때문에 결국에는 위원회에서도 한발 물러날 수밖에 없었다.

"안타깝네요."

"그 청년은 백범 위원장이 직접 챙긴 사람입니다. 아버지가 1급 반민족 행위자로 판단되는 사람이었습니다. 하지만 아버지와 다르게 그는 목숨 바쳐 우리나라를 사랑하고 있습니다, 전하."

"그래요. 절연한 아버지 때문에 그가 우리 위원회에서 일하지 못한다는 게 너무 가슴 아프네요."

다른 세 사람도 비슷한 사연을 가지고 있었지만, 이 청년이 가장 눈이 갔다.

"대의를 위해 걸어가려면 어쩔 수 없는 부분입니다. 이들은 공로를 인정해 조금 다른 경로로 도움을 줄 수 있도록 방안을 강구하겠습니다, 전하."

"위원장, 부위원장과 논의해서 잘 준비해 주세요."

"준비하겠습니다. 그리고 이 보고서는 북부의 펑톈에서 있었던 전투 결과에 관한 것입니다, 전하."

"아, 이제 올라왔나요?"

펑톈의 작전이 성공했다는 것은 알고 있었지만, 어떤 과정으로 얼마나 많은 피해를 당하였으며, 적에게 어느 정도의 타격을 주고 펑톈을 점령했는지는 정확히 모르고 있었다.

"조금 전 기차 편을 통해 위원회관에 도착했습니다. 도착한 문서 두 부 중 한 부는 용산의 지휘부로 보내졌고, 이건 전하께 올라온 보고서입니다, 전하."

독리에게 서류를 건네받자마자 내가 가장 확인하고 싶었던 부분을 확인하기 위해 빠르게 내용을 훑었다.

"일곱 명 사살이네요."

서류 중에서 내가 확인하고 싶었던 부분을 확인하고 말했다.

"중경훈련소에서 훈련받은 요원 중 저격 부분에서는 남녀를 통틀어 가장 높은 성적의 요원이었습니다, 전하."

"독리의 의견이 정확했네요."

안결영의 차출은 독리가 판단한 일이었다.

독리는 중경훈련소 소장이었던 피재길에게 안결영이 저격수로 아주 뛰어난 재원이고, 정보 수집보다는 요인 암살에 특화되었다는 정보를 얻어 내게 천거했다.

대한군 1사단은 은밀히 활동하는 특수 임무보다는 정규전을 위해 훈련한 사단이었고, 1사단과 미군 2군단 기갑사단보다 앞서서 방해물이나 위험 요소를 제거하는 수색 임무를 맡을 부대가 필요해 2사단의 스무 명을 차출해 파견했다.

차출된 인원은 다섯 명씩 네 개 조로 나뉘어서 본대보다 조금 앞선 전방 지역에서 활동했고 그 성과가 좋았다.

"전하께서 잘 판단해 주신 덕분입니다. 북부로 향한 부대의 첫 대규모 시가전인 펑톈 전투에서 좋은 결과를 만들어 낼 수 있어서 앞으로 안결영 요원을 비롯한 파견된 요원들에 대한 불신은 없어질 것으로 생각합니다, 전하."

"다행이네요. 안결영 요원의 참가를 반대했던 패튼 소장에게서는 별다른 말은 없었나요?"

가장 전방에서 활동하는 우리 수색조에 여성 저격수가 있다는 것에 가장 반발했던 사람은 패튼 소장이었다.

미 육군 사령부의 다른 군인들도 대놓고 반대하지는 않았지만 부정적 의견을 냈었는데, 패튼 소장은 전면적으로 반대 의사를 전해 왔었다.

제국익문사에서 아주 우수한 저격 요원이라고 들어 주장한 내 의견이 강고하니, 알렉산더 사령관이 중재해 투입될 수 있었다. 그래서 이번 성공 이후 그의 의견이 궁금해서 물었다.

"좋은 성과에 감사하다는 뜻을 전해 오긴 했었습니다."

"그리 호락호락한 성격이 아닐 거라고 생각했는데……."

"……제가 생각하기에는 사과도 없이 보고서 말미에 전언으로 들어가 있어서, 패튼 장군이 직접 한 말인지는 확실치 않습니다, 전하."

"그래도 이런 단어를 기갑사단의 참모가 사단장의 동의 없이 넣었다고는 보기 힘드니, 이전보다는 우리 대원에 대한 감정이 나아졌다고 생각해야지요."

"그렇습니다, 전하."

"다섯 명으로 열네 명의 적군을 사살한 정예 요원들이니 그들도 인정하지 않을 수가 없겠지요. 이 내용을 제국익문사 사보로 내보내는 건 어떤가요?"

우리 군이 전방 지역에서 인상적인 활약을 펼치고 있으니, 선전전에도 사용하면 좋을 거 같아 물었다.

"미군과 상의해 공표해도 되는지 확인한 이후에 사보에 올리도록 하겠습니다, 전하."

독리도 괜찮은 생각이라고 판단했는지 웃으며 대답했다.

"안결영 요원에게 초점을 맞춰서 진행해 보세요."

"안결영 요원을 말씀입니까?"

"뛰어난 여성 저격수가 활약하는 내용이 매력적이니, 홍보에 많은 도움이 될 거예요."

여성이 사회로 진출하기 힘들게 경직된 지금 사회 분위기를 조금 완화하기 위해 제안했다.

"……전하의 말씀대로 준비해 보겠습니다, 전하."

독리는 내 제안에 잠시 생각하더니 대답했다.

"내용을 준비해서 조간 회의에서 논의해 보죠.

"알겠습니다, 전하."

"다른 지역은 괜찮다고 하던가요?"

위원회의 조간 회의에서는 연합군 전군에 대한 보고는 결산 형태로 간혹가다가 나오고, 군무부의 조성환 군사위원이 가져오는 안건이나 보고 내용은 대한군과 미 육군 사령부와 관련된 서류가 대부분이었다.

그래서 한반도 내 정보 때문에 미군과 소통이 많은 독리에게 물었다.

"홋카이도 지역은 홋카이도 남부 지역의 하코다테 지역을 제외한 군사시설에 대한 점령은 마친 상태지만 해군과 육군 비행단의 지원을 받기가 힘들어서 주요 군사시설을 파괴하고, 북부 지역으로 조금 물러난 상태라고 들었습니다, 전하."

"나름 정예병이라는 미 해병이 투입되었는데도 상황이 여의치 않은가 보네요."

"목표했던 부분은 왓카나이와 사할린 사이의 지역의 해역을 이용할 수 있게 하는 것이어서 목표는 성공했으나, 일본 본토에서 지원하는 병력과 센다이 지역과 아오모리 지역에 있던 부대가 하코다테를 통해 홋카이도로 진입해 완전 점령에 어려움을 겪고 있다고 했습니다, 전하."

"땅보다는 바다와 공중이 중요한 싸움이니……. 연합 해군 사령부는 지원하지 않았나요?"

"바다의 파고와 조류가 대한해협보다 하루 이틀 늦게 잦아들어 진입이 조금 늦어졌다고 들었습니다. 그래도 태평양을 중심으로 진형을 지키며 홋카이도를 지원하고 있어서 한반도나 블라디보스토크가 지원을 받지 못하는 상황은 일어나지 않을 것으로 보고 있습니다, 전하."

미국에서 돌아온 유일한 외무위원은 내게 사의를 표명한 일과는 상관없다는 듯 자신이 맡은 일을 문제없이 해냈다.

하지만 그의 후임을 고려해야 하는 내게는 없었던 일이 되지 않았다.

"대외적 관계가 좋은 사람 중에서 부역 행위와 관련 없는 사람이 이렇게 없나요?"

후임 외무위원에 대한 추천인을 분류해 가져온 독리에게 말했다.

독리는 유일한 외무위원이 사의를 표명한 이후 지금 서울을 비롯한 한반도 내에 있는 외무위원으로 적당한 사람을 수배했고, 오늘 가져온 문서가 두 번째였다.

"대한제국에서 외교 관련 일을 했던 사람 중 대부분은 일본에 부역해 변절하거나, 대한제국에 충성하다가 죽었습니다. 시간도 오래 지나서 살아 있는 이도 몇 되지 않습니다. 또한 그 이후 한반도 안에서 외교 관련 경험이 있는 사람은 일본에 부역한 사람뿐입니다. 전하의 뜻에 맞는 사람을 찾자면 미국에서 머물고 있는 사람 중에서 찾아야 할 것으로 보입니다, 전하."

지난 며칠간 독리와 만나면 나눈 이야기는 이게 전부였다.

인재가 없었다.

"은밀히 인재를 계속 찾아보세요. 외무위원도 현실적으로 종전까지는 자신의 자리를 대체할 사람을 찾기 힘들다고 생각 중이니, 우리는 그다음을 보죠. 계속해서 사람이 없다면 미국의 윤홍섭 박사를 귀국시켜야지요."

　"그러면 미국과의 외교에 공백이 생길 것입니다, 전하."

　"여러 방안 중 하나예요. 그 전에 적임자가 나타났으면 좋겠네요."

　두 번째 가져온 서류였지만 기준에 통과되는 사람이 없었다.

　가장 중요한 기준 두 개는 반민족 행위자와 관련이 없을 것과 외교와 관련해 제반 지식이 있을 것이었는데, 문제는 이 두 가지를 충족하며 한반도 내에 머무는 사람이 없다는 점이다.

　거기다 영어가 가능하며, 미국과 좋은 관계를 맺고 있는 사람까지 포함하면 전혀 없다고 봐야 했다.

　실제 독리가 제국익문사의 자료를 바탕으로 몇 명을 추천해 가져왔으나, 몇 명은 공산주의에 심취한 사람이었고, 또 몇 명은 강대국에 대한 적대감이 너무 강한 사람이었다.

　이 중에서 미국에서 활동해 미국 정부와 연관성이 있는 사람은 없었다.

　"윤홍섭 미국 대사에게도 은밀히 편지를 전달해 미국에서도 한번 찾아보겠습니다, 전하."

"……정진함 영국 공사는 어떤가요?"

외교와 관련된 사람을 생각하다가 정진함이 떠올랐다.

대한제국의 마지막 영국 공사 대리인 이한응이 외교권 박탈 직전 음독자살하고 이후 영국 공사관이 폐쇄되기까지 외교 실무를 담당했던 정진함 전 제국익문사 상임통신원이었고, 그런 인연으로 지금도 런던에서 영국공사로 활동 중이었다.

특명전권공사라 해도 실질적인 영국과 외교는 미국을 통해서 하고 있었고, 공사인 정진함이 직접 영국 정부와 소통하는 일은 거의 없었다.

"아직 영국 정부와는 활동이 적지만 자유프랑스 망명정부와 폴란드 망명정부와는 좋은 관계를 형성해 가고 있습니다. 특히 미국의 정식 승인을 받지 못한 자유프랑스 망명정부가 우리와 영국 정부 간의 외교를 주선해 주고 있는 지금, 자유프랑스 망명정부와 좋은 관계를 만들고 소통 중인 정진함 공사를 불러들이는 것은 좋지 않다고 사료됩니다, 전하."

자유프랑스 망명정부는 우리와 반대 상황이었다. 우리가 영국에게 받은 정부승인을 미국의 도움으로 얻었다면, 자유프랑스는 미국의 정부승인을 받기 위해 여러 방향으로 노력하고 있었지만, 아직 그쪽의 승인을 얻지 못했다.

미국은 자유프랑스 망명정부가 아닌 나치의 괴뢰국인 비시프랑스를 프랑스의 정통성 있는 정부이자 국가로 인정하고 있었다.

그래서 영국의 우회적인 승인을 얻은 우리와 다르게 자유
프랑스는 아직 미국의 승인을 얻지 못해 우리보다 상황이 좋
지 않았다.

"아······ 프랑스가 있었네요."

정진함이 미국과 친밀한 관계는 아니었지만 외교의 실무
를 겪어 본 사람이라 말했는데, 그는 미국이 아닌 영국에서
활동하는 유일한 위원회 사람이었다. 런던에서 대한국은 존
재감이 전혀 없었고, 이제 막 자유프랑스의 주선으로 안면을
트고 있는 상황에서 그를 불러들이는 건 독리의 지적대로 좋
지 않은 결정이었다.

"위원회와 제헌의회, 이후 정식 정부가 수립되기까지는
정진함 공사가 미국에서 활동해 주는 게 좋아 보입니다. 이
의견은 위원장과 부위원장도 같습니다, 전하."

연합군을 비롯한 대외 외교 관계에 대한 거의 모든 부분을
내가 주도하고 있었고, 백범 위원장과 몽양 부위원장도 내
의견을 존중해 주었다.

"임시정부나 지하동맹에 소속되어 있던 사람 중에서 우리
의 기준에 부합하고, 외교에 능한 사람이 있는지 확인해 보
세요. 우리와 인연을 맺기 전에도 파리와 미국에 위원부가
있었고 폴란드 망명정부에 국가 승인을 받았으니, 누군가는
대외 외교 업무를 했을 거예요. 우리와 완전히 결이 같지 않

아도 괜찮아요."

독리가 두 번에 걸쳐 가져온 서류를 살펴보니 임시정부와 관련된 사람이 거의 없었다.

지하동맹과 관련 있는 사람은 간혹 보였는데 이상할 정도로 임시정부와 관련된 인사가 없었다.

물론 지하동맹과 관련된 인사도 몽양의 측근이라기보다는 우리와 몽양 중간에 있는 사람이었다.

이 부분을 인지하기 전까지 나도 독리도 무의식적으로 외무위원 자리는 우리에게 할당된 자리라 생각했던 것이다.

그렇지 않고서는 내가 받은 서류의 모든 사람이 나, 제국익문사, 의친왕과 인연이 있거나, 임시정부나 지하동맹과 전혀 무관한 사람으로 만들어질 수가 없었다.

"……그 부분은 제국익문사 자료로는 충분하지 않아서 임시정부 감찰 자료가 있는 정보국의 자료를 확인하고, 임정 출신의 인사에게도 확인해 보고드리겠습니다, 전하."

대답하는 독리의 표정을 보니 그도 나와 같이 외무위원 자리는 우리의 할당이라 생각한 듯했다.

"나도 잠시 잊었었는데, 이미 제헌국회 의장도 조소앙으로 가닥을 잡았으니, 굳이 외무위원에 우리 사람만 고집할 필요는 없어요. 아버지의 뜻을 따르지요."

독리만 그렇게 생각한 게 아니란 뜻을 전달하기 위해 말했고, 독리는 내 말에 아까보다 조금 표정이 나아졌다.

"말씀대로 준비하겠습니다, 전하."

독리에게 외무위원으로 추천할 수 있는 범위를 넓혀 줘서 인지 다음 날 조간 회의 전 두꺼운 보고서를 가지고 나를 찾았다.

"괜찮은 사람이 좀 있던가요?"

"범위를 넓히니 등용 가능한 인원이 조금 있었습니다. 이 서류는 추천 적합으로 분류되는 인물 세 명에 대한 서류입니다, 전하."

"세 명이면 많이 늘어났네요."

독리에게 서류를 받아 보며 말했다.

그가 처음과 두 번째로 가져왔던 서류에는 적합 판정을 받은 사람은 한 명도 없었고, 가능성을 가진 인물로 각각 두 명과 네 명이 전부였는데, 오늘 가져온 서류는 독리의 밝은 표정과 같이 세 명이나 되는 사람이 적합으로 분류되어 추천되어 있었다.

"내가 너무 우리 쪽 사람만 생각하고, 위원회에 무형적인 권력을 쥐려고 했나 보네요. 긴 세월이었지만, 우리나라는 아직 이렇게 많고 좋은 사람들을 보유하고 있었어요."

"아닙니다, 전하. 전하께서는 오히려 주축이신 위원회의 많은 권력을 위원장과 부위원장을 비롯한 많은 사람과 나누셨습니다. 외무위원에 대한 선별 권한을 가지시는 것은 당연한 일이옵니다, 전하."

독리는 당치도 않다는 듯 조심스럽게 말했다.

"아니에요. 큰 흐름에서 물길이 잘 흘러간다면 누가 그 물길을 만들었는지는 중요하지 않아요. 앞으로 인재를 선발할 때는 나와의 관계보단 대한국에게 이득이 되는지를 고려해 기탄忌憚 없이 추천하세요."

"……전하의 뜻대로 진행하겠습니다, 전하."

독리의 대답을 듣고는 서류에 들어 있는 세 사람을 유심히 살폈다.

세 사람 모두 큰 문제는 없어 보이는 이력을 가지고 있었지만, 그들의 능력을 직접 확인한 것은 아니라 당장 결정하기는 힘들었다.

하지만 세 사람 중 마지막 장에 들어 있는 사람은 나도 역사를 공부하며 잘 알고 있는 한 사람이라 꼼꼼히 살폈다.

"임시정부 출신의 김규식 전 의원이네요?"

지금은 해산된 임시정부 의정원에서 의원 활동을 했고, 반격 작전이 아니었다면 존재했을 임시정부의 다음 국무위원에 선발되었을 사람이었다.

그 외에도 대한민국 임시정부를 대표해 프랑스와 미국 등지에서 외교관으로 활동한 기록도 있었다.

"그렇습니다, 전하."

"미국 대사에게서는 김규식 전 의원에 대한 언질을 받지

는 못했었는데……. 미국에서 활동했다는데, 어느 정도였
나요?"

"기미년에 임시정부의 외무총장이자 파리위원부 위원장직
을 수행했고, 그해 말 미국으로 건너가 임시정부 구미위원부
위원장과 부위원장으로 활동했습니다. 정확히 알지는 못하
나 그 시기에 임시정부에 대한 시선은 정부로 대한다기보다
는 하나의 민간단체에 불과해 정치력이나 외교력을 발휘할
여력은 거의 없었을 것으로 사료됩니다, 전하."

"그래도 추천했다는 건 능력이 있다는 건가요?"

"그렇습니다, 전하. 미약하긴 했으나, 그의 능력으로 초기
임시정부의 외교가 진행되었었고, 윤홍섭 미국 대사를 통해
확인한 결과 미국 내에서 임시정부의 존재를 미약하나마 알
리는 데 역할을 했으며, 지금도 일부 미국 인사들은 기억하
고 있었습니다. 물론 시간이 많이 지나 그 당시 김규식 전 의
원이 접촉했던 사람이 많이 남아 있지는 않으나 남아 있는
사람들은 좋은 인상으로 기억하고 있다고 들었습니다. 또한
그를 등용한다 해도 김원봉 3사단장과는 의열단에서 함께 활
동한 이력이 있고, 위원장과 부위원장과도 교류가 있어 위원
회에서 겉돌지는 않을 것으로 사료됩니다. 또한 법무위원인
성재와도 임시정부 시절부터 친분이 있어 전하와도 접점이
있는 인물입니다. 특히 그가 지금까지 행동한 바를 분석하면
전하께서 걱정하시는 부분인 공산당으로 활동한 경력이 있

으나, 공산당에 심취해 마르크스-레닌주의를 추구한다기보단 대한국의 민족을 위해 노력하는 민족주의자로 보이고, 마르크스-레닌주의는 독립을 한 방편으로 고려했던 것으로 사료됩니다. 또한 미국에서 유학한 경험이 있어 영어에도 능통하고, 미국 문화에도 익숙한 편입니다. 제가 판단하기에는 세 명의 추천 인원 중 외무위원으로 가장 적합하다고 사료됩니다, 전하."

내가 생각하기에도 독리를 통해 지금까지 올라온 인사 중에 가장 적합해 보이기는 했다.

"공산주의자는 아니라······."

머릿속에 남아 있는 기억으로도 김규식이 공산주의자는 아니었다고 알고 있었지만, 혹시 모른다는 생각이 들어서 나도 모르게 서류를 읽으며 중얼거렸다.

"걱정하시는 부분은 잘 알고 있으나, 그의 활동 내역을 수집하고, 분석한 요원은 오히려 공산주의보다는 민족주의와 자유주의자에 가깝다고 판단했습니다."

"알겠어요. 아직 유일한 외무위원이 사퇴하기까지는 여유가 있으니, 김규식 전 의원을 면밀히 관찰하세요. 그리고 위원장과 부위원장에게도 뜻을 전달해 외무위원으로 선임하면 어떠한지 의견을 조율해 보세요. 이후 확신이 서면 김규식 전 의원의 뜻도 조용히 확인해 보세요."

"위원장과 부위원장에게 의견을 타진한 이후 긍정적이면

전하의 뜻에 따라 시기를 조정해 진행하겠습니다, 전하."

"지금 미국과 외교 관계가 있으니, 조금 시간이 걸린다고 생각하고 진행하세요. 위원장과 부위원장의 의견을 구할 때도 이 전제를 말해야 해요. 지금 당장 외무위원이 바뀌는 것으로 알게 되면 혼란이 생기니 안 돼요."

"말씀대로 하겠습니다, 전하."

"아, 그리고 김규식 전 의원에게 통보할 때에는 위원회로 들어오면 그는 이후 있을 제헌의회 선거에도 출마하고, 첫 대한국 정부의 내각에 외무위원에 도전해야 한다는 언질도 함께 하세요. 홍진 재판장처럼 평리원에 남아 불출마를 생각하고, 위원회에서만 활동한 이후 은퇴하겠다는 생각을 하고 있으면 곤란해요."

초대 제헌의회 의장으로 내심 생각했던 홍진 재판장은 나의 뜻과 다르게 제헌의회에 출마하지 않고 평리원에 남을 예정이었다는 게 기억나 독리에게 당부하듯 말했다.

"여러 의견을 수렴한 이후 확정되어 김규식 전 의원에게 통보하게 되면 그 내용도 함께 통보하겠습니다, 전하."

❦

대한군 1사단 소속 정찰대는 사단 내에서도 특수한 조직이었다.

대한군 1사단의 대부분이 과거 블라디보스토크 근교에서 훈련했던 광무군 소속의 군인이었던 것과 다르게 정찰대는 중경과 미국에서 훈련을 받은 옛 제국익문사 소속의 요원이었다.

또한 지휘관인 장교와 참모인 장교와 부사관 그리고 실제 부대의 대다수를 차지하는 병으로 이뤄진 1사단의 편제와 다르게 정찰대를 이루는 다섯 명의 군인 전원이 장교였다.

일반적인 편제에서 참모부를 예외로 두고 장교 다섯 명이라면 한 명의 중대장과 네 명의 소대장으로 나뉘어 한 개 중대 병력을 통솔해야 하는 인원이었다.

그래서 정찰대는 일반적인 지휘 체계를 따르는 것이 아닌 곽재우 사단장의 직속 명령을 받는 부대였다.

블라디보스토크에서 출발한 폭격기가 펑톈시 주둔부대의 대공포의 방해를 피해 폭격할 수 있게 해가 뜨지 않은 새벽에 유폭을 일으켜 목표물을 알려 주는 작전을 수행한 정찰대는 다른 부대들이 펑톈을 점령하기 위해 전투를 치를 때 주둔지의 텐트 하나를 차지하고 휴식을 취했다.

펑톈 작전에 투입되어 작전 수행 이후 주둔지로 돌아와 보고까지 마치느라 가장 늦게 잠들었던 정재현 정찰대 조장은 30분 전까지 간간이 들리던 폭탄 소리나 텐트 밖에서 나는 트럭 움직이는 소리에도 전혀 미동이 없다가 텐트 안의 부스럭거리는 작은 소리에 얕게 눈을 떴다.

"뭐 하냐?"

아직 다른 사람들이 일어나지 않았는지 어두운 텐트 안에서 소리를 최대한 죽여서 혼자 움직이던 안결영이 놀란 얼굴로 정재현을 바라봤다.

"조장, 일어났어? 저녁 먹자……."

텐트 입구에 작은 틈으로 들어오는 불빛에 보이는 안결영은 한 손에는 주먹밥, 다른 한 손엔 베이컨을 들고 어색한 미소를 지으며 정재현에게 말했다.

"벌써 저녁이야?"

"응, 펑톈 전투도 야간이라 잦아드나 봐. 폭발음도 이제 잘 안 나네."

안결영은 정재현이 일어나서인지 이전까지 조심스럽게 움직이던 모습과 다르게 자리에서 일어나 밖으로 이어진 천막의 문을 열어젖혔다.

밖에서는 켜져 있는 전등 빛과 분주히 움직이는 차량, 군인의 소리가 순식간에 천막 안으로 들어왔고, 이미 일어났던 정재현을 제외한 누워 있던 세 명이 비척거리며 일어났다.

"흐아아암! 안결영, 왜 문을 열어!"

텐트 천으로 이뤄진 커튼 수준의 문이었지만 나름 소리를 잘 막아 주고 있었는지 문을 거두자 들려온 소리에 깬 나석영이 문을 연 사람을 눈으로 확인하고 소리쳤다.

"자 자, 다들 일어나서 저녁 먹어!"

안결영은 이미 정재현이 일어나서인지 나석영의 투덜거림을 무시하고, 아직 모포에서 나오지 않은 세 사람의 모포를 잡아당기며 말했다.

"좀 자자. 오늘 새벽에 한숨도 못 잤잖아!"

나석영은 모포를 뺏기지 않겠다는 듯 꼭 붙잡고 얼굴을 숨겼지만, 그런 그의 노력은 그다지 효과적이지 못했고 결국 안결영의 성화에 못 이겨 다섯 명의 조원들 모두 아침에 운전병으로부터 추진받은 식사 통을 중앙에 두고 앉았다.

"으아~! 밥이다."

안결영의 성화에 못 이겨 앉은 나석영이었지만, 소시지와 햄, 베이건, 김치, 주먹밥으로 이뤄진 진수성찬에 기쁜 표정으로 햄과 주먹밥을 손으로 집어 들었다.

"맛있네."

한 조원의 말에 다들 동의한다는 듯 음식을 먹어 치웠다.

반나절 전에 가져다 놓은 거라 이미 다 식어 있었고, 추운 날씨에 기름이 굳어 베이컨이 한 덩어리처럼 엉겨 붙어 있었지만, 조원들은 세상에 이것보다 맛있는 음식이 없다는 듯 손으로 베이컨을 떼어 내 먹으며 맛있게 식사를 마쳤다.

9장

"쉬어! 알파조 휴식 중."

식사를 마치고, 밖으로 나와 담배를 피우던 정재현이 곽재우 사단장을 향해 거수경례를 올려붙이고 말했다.

함께 담배를 피우던 조원들도 자세를 바르게 고쳤다.

"편히 휴식 취했나?"

"배려해 주신 덕분에 더없이 편하게 휴식했습니다."

"며칠간 작전 수행하느라 잠도 제대로 못 잤을 텐데 다행이군. 휴식을 깨서 미안하지만 소개해 줄 사람이 있어서 왔네. 여기는 우리와 함께 만주 지역의 작전을 총괄 수행하는 제2기갑사단의 작전참모인 존 앨런John Allen 대령이네. 전할 말이 있어서 함께 왔네."

곽재우 사단장은 자신의 뒤에 함께 온 백인을 소개했다.

그러자 정재현은 경례한 이후 영어로 인사를 건넸다.

"대한군 1사단 정찰대 알파조 조장 정재현 대위입니다. 만나 뵙게 되어 영광입니다, 대령님."

"간밤의 활약은 잘 전해 들었네. 활약상은 정찰대(Reconnaissance)가 아닌 레인저(Ranger)에 가깝더군. 우리 사단을 비롯해 모든 연합군의 최전방에서 길을 이끌었다고 들었네."

"맡은 바 임무를 완수했을 뿐입니다, 대령님."

존 앨런 대령이 놀란 표정으로 한 질문에도 정재현은 별일 아니라는 듯 담담한 표정으로 대답했다.

"믿음직하군. 앞으로는 귀관이 이끄는 알파조를 포함해 1사단의 정찰대 세 개 조를 적극 작전에 활용할 예정이네. 앞으로도 지금처럼 활약해 주기를 바라네."

"맡겨만 주십시오, 대령님."

"알겠네. 그리고 이건 우리 군에서 작전을 수행할 때에 도움이 될까 해서 준비한 것이네. 지난밤의 작전으로 개인 물자가 소실되었다고 들었는데, 도움이 됐으면 좋겠네."

존 앨런 대령의 말이 신호가 된 것인지 곽재우 사단장과 존 앨런 대령 뒤로 네 명의 병사가 커다란 보급 상자 두 개를 가져와서 내려놓았다.

상자를 내려놓는 소리가 쿵 하고 들릴 정도로 보급 상자의 무게가 꽤 나가 보였다.

"감사합니다, 대령님."

"미군의 최정예부대에 보급되는 물품이니 부족함은 없을 걸세. 그리고 뛰어난 저격병이 있다고?"

존 앨런 대령에 말에 정재현이 가장 뒤에서 있던 안결영을 바라봤고, 그녀가 한 발짝 앞으로 나와서 존 앨런 대령에게 경례했다.

"이 요원입니다. 미국 훈련소에서 저격, 정찰 과목을 수석 으로 수료한 요원입니다, 대령님."

존 앨런 대령은 여성 저격병이라는 건 이미 들어 알고 있 었을 텐데도 막상 다른 요원들보다 왜소한 안결영이 앞으로 나와서 경례하자 순간 놀란 눈빛이 지나갔다.

"……여성의 몸으로 대단하군."

"군인으로서 최선을 다했을 뿐입니다, 대령님."

안결영은 여성보다 먼저 되는 전제가 군인이라는 듯 작은 체구와 어울리지 않게 굳건한 목소리로 대답했다.

"내가 실례했군."

존 앨런 대령은 안결영의 말에서 자신이 무엇을 실수했는 지 깨닫고 사과했다.

"아닙니다, 대령님."

이미 이런 말을 들어 와서인지 안결영은 별다른 감정 동요 없이 대답했다.

그녀의 대답을 들은 존 앨런 대령은 뒤를 바라보고 뭔가

지시했고, 그의 지시에 보급 상자를 가져온 요원이 보급 상자를 열어 총 한 자루를 대령에게 가져왔다.

"이건 우리 군에서도 최정예 저격병에게만 지급되는 총일세. 'The Rifleman's Rifle'이란 별명을 가진 M70이네. 우리 부대에는 몇 정 없는 좋은 총이니, 이 총으로 앞으로도 좋은 활약을 기대하겠네."

존 앨런 대령이 건넨 총은 윈체스터사Winchester社의 Model 70이란 총이었다.

통칭 M70으로 불리고, 제식 저격용 총인 M1 개런드보다 더 저격에 특화되어 좋은 평가를 받는 총이었다.

안결영은 감정을 거의 표현하지 않았지만, 눈빛만은 엄청난 장난감을 발견한 아이처럼 반짝였다.

"실망시키지 않겠습니다, 대령님."

안결영은 총에서 눈을 떼지 못하면서 대답했다.

곽재우 사단장과 존 앨런 대령은 이를 흥미롭게 바라봤다.

"명일明日 새벽부터 다시 작전에 투입될 예정이니, 보급품 정리가 끝나면 조장은 내 텐트로 오게."

곽재우 사단장이 정재현 조장이 대화할 때 다른 조원은 눈으로 보급 상자의 내용물을 살피기 시작했다.

"다른 분들도 개인화기가 M1 카빈총으로 변경돼 지급되니 개런드는 반납해 주시면 됩니다. 이쪽 상자에……."

변동된 사항을 설명하던 미군 보급 담당 병사는 자신의 설명이 채 끝나기도 전에 사단장이 자리를 뜨자 굶주린 이리 떼처럼 총기가 들어 있는 보급 상자로 달려들어 카빈총을 꺼내어 확인하는 모습에 잠시 말이 끊어졌다.

그러나 어쨌든 대한군이라 해도 자신보다 계급이 높아서인지 특별히 제지하지 않고 설명을 이어 갔다.

"새로 지급된 카빈총이 들어 있습니다. 그리고 개인 장비는 같은 종류가 두세 종류씩 있는 것도 있습니다. 해당 장비들은 전차병이 사용하는 것과 소총병이 사용하는 장비가 함께 들어 있습니다. 두 종류 중에서 선택하셔서 장비하시면 됩니다. 몇 가지 말씀드리자면……."

"이야! 카빈이다! 전차병들 들고 다니는 거 진짜 부러웠는데!"

"안 그래도 개런드랑 토미건 둘 다 들고 다니려니까 무거워 뒈지는 줄 알았는데, 하나라도 가벼운 거로 들어야지."

침착하게 설명하는 미군 보급병의 노력과는 다르게 정찰 알파조 조원들은 설명은 전혀 듣지 않고, 보급 상자에서 온갖 장비들을 꺼내서 확인하기 바빴다.

그나마 보급 상자로 접근하지 않은 안결영은 존 앨런 대령에게 건네받은 M70 소총을 살펴보았다.

소총에는 긴 총신만큼 긴 8배율 스코프가 달려 있었다.

이미 훈련 기간에 저격 훈련을 받으며 사용해 본 적이 있는 소총이어서 총을 유심히 살피며 혹시라도 잘못된 곳이 없는지 세밀하게 확인했다.

"이상입니다. ……소총은 저희가 회수해 가겠습니다. 장비도 사용하실 것은 챙기시고, 나머지는 상자에 두시면 회수해 가겠습니다."

미군 병사들은 이미 자신들을 공기 취급하며 장비만 살펴보고 있는 대한군 장교들에게 통보하듯 말하고, 텐트 안에서 다섯 정의 개런드 소총을 챙겨서 나왔다.

"잠깐."

총을 회수해 가려는 미군 병사를 제지한 안결영이 자신의 개런드 소총에서 스코프를 떼어 냈다.

"이건 내가 사용해도 괜찮겠지?"

"문제는 없습니다만……. 새로 보급받으신 총에 달린 스코프는 8배율 스코프입니다. 이 스코프보다 배율이 높아서 사용하시기에는 그게 좋으실 겁니다."

"저격 말고도 사용하는 일이 있으니까."

"알겠습니다. 그럼 스코프는 재지급받으신 거로 기록하겠습니다."

보급병은 이미 자신에게 관심이 없어진 장교들에게 경례했고, 정재현이 눈치채고 경례를 받아 주었다.

"그래도 이제는 쓸 만하다고 생각하나 보네."

마지막으로 남아 있던 미군 보급병이 떠나고 나자 부조장인 나석영은 언제 보급품을 보고 호들갑을 떨었냐는 듯 우뚝 멈춰 서서 보급 상자를 발로 툭툭 차며 말했다.

"우리가 주도한 건 이번이 첫 작전이었으니까."

정재현이 미군이 간 방향에 시선을 집중한 채 대답했다.

"패튼의 생각이 바뀐 거겠지?"

"글쎄……. 써 볼 만한 전력이라고 생각하겠지. 작전을 수행하다가 죽어도 괜찮은 쓸 만한 전력."

"우리도 충분히 이용해야지. 최고의 우방이자 후원자니까."

"좋은 물주지."

정재현이 한쪽 입꼬리를 올리며 대답하고는 보급된 장비를 다시 살폈다.

"그렇지! 카빈 좋네. 개런드랑 비교하면 유효사거리는 짧아도 우리야 들고 뛰어다녀야 하니까 무게가 더 중요하지."

나석영은 자신에 손에 들려 있는 카빈 소총의 노리쇠를 당겨 약실을 확인하며 웃었다.

꽃무늬 장식

매일 열리는 조간 회의는 지금 한반도 내의 최고 권력기관이자 의사 결정체였다.

오늘도 어김없이 전날 조간 회의 이후부터 밤을 지나 오늘 조간 회의 전까지 있었던 일에 대해 보고하는 것으로 조간 회의를 시작했다.

"……이상으로 동향 보고를 마치겠습니다."

OSS에서 서울과 한반도를 담당하는 요원의 보고를 끝으로 회의 시작 전하는 보고를 마쳤다.

그가 보고하는 내용은 주로 만주국, 일본군의 각 전선, 일본 본토의 동향과 동남아의 OSS에 작전 진행 사항 중 우리 위원회가 알아야 하는 부분이었다.

매일 이뤄지는 회의였기에 보고 시간이 그리 길지는 않았다.

"특별한 의견이 없으면 군무부 보고로 넘어가겠습니다."

회의 사회자가 간밤에 있었던 일에 대해 회의 참석자들이 아무런 첨언을 하지 않자 회의를 다음 순서로 넘겼다.

조간 회의에서 군사적인 부분을 보고받기는 하지만 일부 기밀을 필요로 하는 내용은 빠져 있었고, 급한 일은 직통으로 보고를 받아 처리했기에 군사작전 부분을 조간 회의에서 다루는 일은 점점 줄어들었다.

대신 군사위원이 참석하는 조간 회의에서 가장 많이 다루는 군사적인 부분은 피난민이나, 군, 민간에 식량을 보급하거나 각종 장비, 나무, 쌀과 같은 것을 징발하는 것과 같은 군사 외적으로 군을 돕거나, 군의 작전으로 인해 발생하는 문제의 처리였다.

"펑톈시의 적군에 대한 작전 이후 펑톈시에서 대규모 피난민이 발생했습니다. 대부분은 펑톈을 벗어나지 않고 펑톈 내에 머무르며 우리 군의 통제를 따르고 있으나, 일부 친일본 인사들과 일본인은 다롄이나 츠펑을 거쳐 베이핑과 장춘으로 탈출하는 것으로 조금 전 보고에서 들어서 알고 계실 것입니다. 문제는 우리 군에 보호로 들어오지 않은 인원 중 일부가 펑톈을 벗어나 압록강으로 도강을 시도하다가 사고가 발생하고 있는 것입니다. 압록강 일대는 이번 여름 내내 강수량이 풍부했기에 강의 수위도 높고 물살도 평소보다 조금 강해 작은 뗏목으로 도강을 시도하다가 뒤집히는 사고가 일어나는 것으로 보고가 올라왔습니다."

"우리 군의 영향력이 미치지 않는 곳에서 일어난 일인가?"

조성환 군사위원의 보고에 위원장이 물었다.

"그렇습니다, 위원장님. 우리 군이 주둔 중인 압록강 철교에서 이전 3일에 걸쳐 철교의 수문 사이 뗏목과 함께 수십 구의 시체가 발견되었습니다. 해당 지역 지휘관은 상류의 폭이 좁은 지역을 도강하려다가 강한 물살에 뗏목이 뒤집혔거나, 아니면 수영으로 건너려다 실패한 것으로 판단했습니다."

군사위원의 질문에서 가장 기본적인 문제가 조금 이해가 되지 않아서 군사위원의 말이 끝나고 내가 곧바로 물었다

"왜 우리 군 주둔지역이 아닌 상류로 도강을 시도한 것일까요?"

"그건……."

군사위원은 그들이 왜 도강을 하려 했는지 정확하게 파악을 하지 못했는지 내 질문에 잠시 서류를 살폈다.

그의 대답이 나오기 전 다른 회의 참석자들은 어떻게 생각할까 궁금해서 군사위원의 대답을 듣지 않고 다시금 말했다.

"한반도로 들어오려는 대한인이라면 우리 군의 보호를 받는 게 훨씬 안전하지 않나요? 실제 만주에서 우리 군이나 소련군이 보호 중인 대한인은 신분 검사 이후 대한인임이 증명되면 보호 속에서 한반도로 돌아오고 있는 것으로 아는데, 아닌가요?"

"정확히는 아직 호위해서 들어오지는 않고 있습니다, 전하. 현재로서는 송환하는 것에 투자할 병력이 없어서 호위 속에서 한반도로 들어오고 있지는 않습니다. 다만 대한인으로 신분이 확인되면 신변에 제약을 두지 않아서 자발적으로 육로를 통해 압록강의 도하교를 거쳐 한반도로 들어오는 대한인이 있는 것으로 알고 있습니다, 전하."

조성환 군사위원이 내 질문에 대답했다.

나도 피난민 개개인을 보호하고 있지는 못하다는 건 알고 있었다. 다만 우리 군이 점령한 지역에서는 어느 정도 치안을 유지하고 있어서 큰 위험 없이 한반도로 돌아오는 것으로 알고 있었다.

"그렇다면 도강하는 사람들은 친일본 인사이거나 뭔가 숨길 것이 있는 사람들일 수도 있겠네요."

"확신할 수는 없으나, 압록강 도하교를 수비하는 지휘관도 그럴 가능성이 높다고 판단했습니다, 전하."

"나룻배가 아닌 뗏목으로 건너려 했다는 것으로 보아 그 지역 사람들이 아니겠군. 그럼 혹시 일전에 도하교에서 있었던 전투를 치렀던 적군일 수도……. 혹시 만주에서 건너오려 한 게 아니라 만주로 건너가려 했던 것일 수도 있지 않나?"

여운형 부위원장이 조성환 군사위원을 보면서 말했다.

"가능성이 없지는 않습니다, 부위원장님."

"교통위원께서 조사를 해 보시면 어떻습니까?"

이 자리에서 더 논의해 봐야 정확한 결론이 나오지 않을 문제라서 내가 직접 독리를 바라보며 말했다.

"정보부를 통해 조사해 보고 올리겠습니다, 전하."

"그럼 다음으로 넘어가죠."

"다음 보고드릴 내용은 곡물에 관한 건입니다. 군무부와 내무부에서 파악한 바에 의하면 마산의 정미소의 곡물이 일부 일본과 상해로 빠져나간 것으로 파악되었습니다. 한반도 탈환 초기 목포와 대구, 부산을 중점적으로 점령하다 보니 진해와 마산을 통해 진주, 마산 일대의 곡물이 반출된 것으로 파악되었습니다."

"어쩔 수 없는 부분이네요."

동시다발적으로 한반도 내에 모든 영향력을 찾아온 게 아녀서 어쩔 수 없는 부분이었다.

모든 항구를 한 번에 폐쇄할 수 있었으면 좋았겠지만, 불가능해 경중을 따지다 보니 마산 지역이 1차 점령 목표에서 제외되어 벌어진 일이었다.

"그 양이 얼마나 되는지 파악되었나?"

위원장이 군사위원에게 물었는데 군사위원이 아닌 교통위원인 독리가 먼저 손을 들고 대답했다.

"해당 부분은 정보부에서 일부 확인했습니다. 정보부의 파악으로는 1만 석이 약간 안되는 양으로 파악되었습니다."

"생각보다 적네요."

내가 보고 받았던 자료에서는 마산, 진주 일대에서 생산되는 쌀의 양이 10만 석 이상이라고 들었는데 생각보다 적어서 말했다.

"아직 대부분의 양은 마산 일대에 쌓여 있는 상태이고, 일본도 급하게 옮기려다 보니 그리 많은 양을 옮기지는 못했습니다. 서울 점령 이후 진주의 효주 허만정 선생이 발 빠르게 움직여 줘서 허만정 선생이 운영하는 구인상회를 비롯해 대한인 중에서 운송업을 하던 사람들은 차량을 가지고, 진주와 마산을 벗어났습니다. 결국 운반할 차가 부족해 운송에 차질이 생겼고, 많은 양이 반출되는 것을 막을 수 있었습니다, 전하."

"효주께서 고생하셨네요. 그럼 남아 있는 쌀은 어떻게 되고 있나요?"

내 질문에 지금껏 대답하던 독리나 조성환 군사위원이 아닌 조완구 내무위원이 입을 뗐다.

"그 부분은 제가 설명드리겠습니다. 대한군 2사단이 마산 시내를 점령했고, 이후 일본인이 소유했던 적산품敵産品에 대해서는 내무부로 관리 이관을 받았습니다. 일본이 전쟁 태세에 들어가며 쌀이 전쟁 물자로 분류되어 일본인이 운영하던 정미소를 중심으로 모여 있었는데, 지금까지 확보된 쌀을 관리 이관을 받아 보관 중입니다, 전하."

그런데 뭔가 숫자가 맞지 않았다.

10만석 이상이 생산되었는데, 그중 일부가 시중에 유통되었다고 해도 최소 8만석 이상은 남아 있어야 했는데, 1만 석을 일본군이 가져가고, 1만 석이 남아 있다면 최소 7만석 이상은 어딘가로 사라졌다는 말이었다.

위원장도 나와 같은 생각을 했는지 의문스러운 표정으로 말했다.

"마산 일대의 미곡 생산량이 2만 석밖에 안 되나?"

"아닙니다. 기존 일본의 조선총독부에서 작성한 자료에 의하면 마산 일대의 미곡 생산량은 적을 때는 9만 석에서 많게는 11만 석까지 되는 것으로 작성되어 있었습니다. 흉년이 든 해에도 5만 석 이상의 생산량은 있었습니다. 그런데 1만 석밖에 남지 않은 것은, 일본군이 점유하고 있던 대부분의 미곡 창고가 방화로 인해 전소되었기 때문입니다. 그나마 1만 석은 효주 허만정의 주도로 진주와 마산의 일부 창고를 조기에 진화해 낟알을 분류해 주신 덕분에 살릴 수 있었습니다."

제국익문사 요원 일부가 중국의 일본군 점령 지역에서 벌였던 일과 같은 방식의 일이었다.

그나마 다른 곡창지대는 빠르게 점령해서 이런 피해가 없었는데, 비교적 늦게 점령한 마산 지역에서 큰 피해가 있었다.

"허…… 그래도 허만정 선생께서 큰 역할을 해 주셨군."

"그렇습니다. 그 부분은 해당 지역에 나가 있는 내무부 직원이 직접 효주 허만정 선생을 찾아뵙고, 감사의 뜻을 표할 예정입니다."

내무위원이 위원장의 말에 답했다.

"남은 쌀은 어떻게 처리하기로 했나요?"

내 질문에 내무위원이 자신의 손에서 자료를 찾아 들고 대답을 이어 나갔다.

"1만 석이 많다면 많은 양이지만, 부산에서 있었던 전투와 진주, 마산 일대의 일본군이 진해로 빠져나가며 생긴 공백으로 경상도 일대의 상업 활동이 중단되다시피 되어 마산 일대에 우리 국민이 미곡을 구할 길이 막힌 상태입니다. 그래서 내무부의 관리하에 마산 일대에 구휼미로 사용될 예정입니다. 이 부분은 내무부의 인원이 여유가 없어 내무부로 관리 이관을 받기 전 정보부를 통해 효주 허만정과 연암 구인회가 운영하는 구인상회가 맡아서 구휼미를 나눠 주기로 이야기를 마쳤습니다, 전하."

내무부에 일하는 사람이 그리 많지 않다는 건 잘 알았고, 먼 경상도까지 가서 관리와 분배까지 한다는 건 불가능했다.

그 부분을 또다시 아버지인 의친왕의 인맥이 도움을 주고 있었다.

"그분들이 큰 도움을 주시네요."

"위원회의 부족한 손을 각 지역에서 우리 위원회를 도와주시는 분들이 채워 주고 있습니다, 전하."

"부족한 인재는 정국이 안정되면 빠르게 채워지겠지요. 각 지역에 보급품이 모자라지 않도록 내무위원께서 세심히 챙겨 주세요."

위원회는 지금 무슨 일을 해도 사람이 모자랐다.

제국익문사 한성사무소에서 파악해 놓은 정보로 여러 사람을 최대한 등용하고 있었으나 위원장이나 부위원장, 나까지 전부 위원회로 혹시라도 민족 반역자가 속이고 들어올지도 모른다는 생각으로 인재를 등용하기 전에 여러 번 교차 확인을 하다 보니 벌어진 일이었다.

그나마 임시정부의 인재와 부위원장이 이끌었던 조선상인

연합회와 지하동맹에서 인재를 끌어와서 겨우 해갈할 정도였지, 그들조차 없었다면 위원회 자체가 유지되지 못할 가능성이 높았다.

"그 인재 말인데…… 각 지역의 상인들로부터 괜찮은 사람을 추천받아 보는 건 어떻습니까, 전하?"

부위원장인 몽양이 나를 보며 조심스럽게 물었다.

"상인들로부터요? 이미 많은 사람이 들어와서 인재가 더 있을까요?"

"상계에는 보통학교를 나와서 상계로 들어간 어린 친구들도 많이 있습니다. 셈에 능하고, 상인 생활을 하면서 한반도 내에서 일본인과 직접 부딪치며 많은 면을 보면서 살아왔으니 괜찮은 친구들이 있을 겁니다. 위원장과 전하께서 동의해 주시면 제가 한번 알아보겠습니다, 전하."

상계는 조선상인연합회 회장인 몽양과 부회장인 박영규 재정위원이 있어서 그쪽을 통해 많은 인원이 지하동맹으로 들어왔고, 또 지하동맹의 주축들이 그대로 위원회로 흡수돼 일하고 있었다.

하지만 지하동맹의 일원이 아니더라도 상계에 몸담고 민족반역 행위를 하지 않고, 경제활동에만 전념하며 살아온 사람들도 있을 터였다.

몽양의 말이 끝나고 잠시 생각한 다음 눈을 돌리자 백범과 나의 눈빛이 서로 마주쳤고, 서로 고개를 끄덕이는 것으로 동의를 표했다.

혹시라도 위원회 내에 영향력이 줄어드는 것을 걱정해 백범이 반대하면 어떻게 설득해야 하나 고민했는데, 쓸데없는 고민이었다.

"한번 알아봐 주세요."

"알겠습니다, 전하."

"현재 용산에 위치한 재한 일본인 수용소에는 2만 3천여 명의 재한 일본인이 수용된 상태입니다. 또한 앞으로 전국 각지에서 우리 군에 의해 체포되어 이송될 예정인 재한 일본인까지 포함하면 용산수용소의 수용 인원은 최소 5만 명에서 최대 10만 명까지 이를 것으로 예측됩니다. 총독부가 1941년에 작성한 서류를 근거로 확인한 결과 재한 일본인은 68만명을 넘었고, 조사한 이후로 거의 1년이 흘렀다는 것을 고려하면 최소 73만 명 이상은 될 것으로 보고 있습니다."

"허······. 남의 땅을 차지하고 기생했던 놈들이 엄청나게 많네요."

보통 대한인을 3천만 동포라 말했고, 그에 비교해 30분의 1도 안 되는 70만여 명은 적다고 볼 수도 있었지만, 절대 적은 숫자는 아니었다.

"그렇습니다, 전하. 하지만 그 모든 인원을 모두 수용소에서 수용하지는 않을 것으로 보입니다. 진해로 몰려든 일본인이 5만 명 정도로 보이며 진해항 점령전이 시작되기 전 일부가 시모노세키로 빠져나갔고, 점령전이 시작되면서 폭격과 전투로도 최소 1만 명 이상이 사망한 것으로 확인했습니다. 또한 반격 작전 시작 이후 소문이 퍼졌고, 발 빠른 사람들은 최소한의 짐을 가지고 만주로 빠져나간 것도 확인되었습니다. 한반도 내에 머물러서 우리에 관리하에 들어올 재한 일본인은 최대 40만 명 정도가 되지 않을까 예측 중입니다, 전하."

진해항 점령전은 잔인할 정도로 빠르게 진행되었다.

일본군이 진해항을 이용해 한반도로 상륙할 위험을 제거하기 위해 김포공항에서 출발한 미군 폭격기에 지원을 받아 선제 폭격으로 주요 방어 시설을 파괴하며 진입한 대한군은 빠르게 진해항의 일본군을 무장해제 시켰다.

그사이에 일본군과 일본인에게서 나온 사망자가 1만 명 이상이었다.

미군이 방어 시설을 직접 목표로 폭격했으나, 일부 조준 실패로 인한 폭격에 좁은 진해항에 숨을 곳도 없이 항구의 부두라는 개활지에 모여 있던 일본인들 사이에 엄청난 사상자가 나올 수밖에 없었다.

그래서 단 하루 동안 벌어진 전투에서 일본인 사망자가 1만 명 이상이었다.

"수용소의 일본인은 어떻게 관리되고 있나?"

내무위원의 말이 끝나자 부위원장이 내무위원을 보면서

물었다.

"아침저녁 2식을 제공하는 것 외에는 특별히 관리는 하지 않고 있습니다. 다만 치안대 일부가 배치되어서 내부에서 불온한 움직임이 없도록 감시 중에 있으며, 일본인들도 특별히 반발하거나 봉기하려는 움직임은 없어 보입니다. 아무래도 수용소 내에 치안대도 있지만, 연합군 사령부가 바로 옆에 있고, 매일같이 병력과 무기가 드나들다 보니 대부분 일본인은 체념한 상태에서 처분만 기다리고 있는 것으로 알고 있습니다."

"2만 명이 넘으면 하루 1식이라고 해도 소비되는 미곡의 양이 만만치 않겠군. 미곡 조달은 괜찮은가?"

몽양이 서류에 적인 숫자들을 확인하면서 재정위원에게 물었다.

"그래도 기존에 서울에 일본인의 소유하에서 보관되어 있던 미곡도 많이 있고, 지하동맹 시절에 확보한 미곡이 많이 있어서 여유가 있습니다. 또한 블라디보스토크에 미국의 원조가 들어오기 시작했고, 밀가루를 비롯한 식료품이 다른 군수품과 함께 두만강 넘어 철로를 통해 서울로 들어오고 있습니다. 5차 인도분까지는 군수품을 위주로 보급이 들어왔으나, 다음번 인도분부터는 여유분의 식료품도 들여올 예정이어서 보급에는 문제가 없을 것으로 예상합니다."

재정위원은 자신의 손에 있는 서류에서 수치를 확인하면

서 대답했다.

"다행이군."

"이 부분에서 확인하실 사항이 있으신 분 계십니까?"

위원장이나 부위원장이 더 질문이 없자 재정위원은 모든 배석자를 둘러보며 말했다.

"……쪽발이에게까지 음식을 나눠 줘야 합니까?"

뒷줄에서 배석해 있던 노익현 교통부위원이 조심스럽지만 당당한 말투로 말했다.

노익현 교통부위원의 말에 다른 사람들로 공감한다는 듯 고개를 끄덕이거나 표정으로 동조하는 여러 사람이 눈에 들어왔다.

"그들은 전쟁 포로도 아니고 우리의 법에 정한 범죄자도 아닙니다. 적국의 사람이기는 하나 지금 수용소에 있는 사람들은 일반 국민들입니다. 노익현 교통부위원의 마음이 이해가 안 되는 것은 아니나, 그들을 수용소에 방치한다면 더 위험한 사태가 발생할 수 있습니다. 또한 연합국이 정한 전쟁 포로에 대한 처우에 따라 대우하고 있기 때문에 음식 제공을 중단할 수는 없습니다."

재정위원은 안타깝다는 듯 말했다.

"우리나라 국민들은 지금도 그들보다 훨씬 못한 대우를 받으며 노동을 착취당하거나 생명을 빼앗기고 있습니다. 왜 우리가 그들을 사람으로 대우해 줘야 합니까? 우리는 지난 수십 년의 세월을 개돼지, 아니 짐승보다 못한 취급을 받으며 살았습니다. 이제 와서…….”

"그만."

노익현 교통부위원의 목소리가 점점 커지자 그 앞에 앉아 있던 독리가 낮은 목소리로 제지했다.

노익현 교통부위원은 독리의 제지에 더 하고 싶은 많이 있는 것처럼 보였지만 말을 멈췄다.

"……답답한 마음에 실언했습니다. 죄송합니다.”

"그 마음을 이해 못 하는 건 아니다. 다만 그들이 그렇다고 해서 우리도 똑같이 짐승이 되어선 아니 될 것이다.”

독리는 작은 목소리로 노익현 교통부위원에게 말했다.

작은 목소리였지만 노익현 교통부위원뿐 아니라 주변의 회의 참석자에게도 분명히 들렸다.

회의에 미 육군 사령부를 대표해 참석한 밴 플리트 작전참모에게 통역하는 미군 병사도 독리의 말을 작은 목소리로 통역했다.

노익현 교통부위원의 뜻에 동의하는 사람들은 독리의 말에 조금 불만이 있어 보였지만 선뜻 나서서 말하는 사람은 없었다.

별다른 의견이 더 나오지 않자 내무위원이 정리하며 말했다.

"그럼 다음 안건으로 넘어가겠습니다. 다음 안건은 각 지역의 정치교육과 대일 전선 형성에 대한 정신을 고양하는 교육에 대한 내용입니다. 해당 내용은 교육과장인 최현배 과장이 보고드리겠습니다."

내무위원이 소개하자 뒷줄에 앉아 있던 교육과 최현배 과장이 자리에서 일어났다.

"교육과를 맡고 있는 최현배입니다. 이우 전하를 위시한 위원회 분들과 김진길 내무부위원의 도움으로 서울 소재의 학생 자치 연합인 대한학생연합회와 서울회관(구 경성부민관)에서 대화를 가질 수 있었습니다."

김진길 내무부위원은 지하동맹 출신으로 위원회에 합류한 20대의 젊은 청년이었다.

그는 연희전문학교 출신인일 뿐만 아니라 경성학생비밀결사대에 대표자로 지하동맹에 합류해 활동한 사람이었다.

학생대표 출신이라는 배경으로 이번 대한학생연합회와 대화 자리를 만드는 데 큰 역할을 했다.

또한, 대한국재건위원회 측 중재역으로 참여했고, 대한학생연합회 측 중재역으로 참여한 만해 한용운과 함께 대화가 원활히 진행될 수 있게 큰 역할을 했다고 들었다.

최현배 교육과장이 김진규 내무부위원에게 목례로 감사를 표하자 그도 목례 답했고, 최현배 교육과장은 다시 이어서 말했다.

"그 자리에서 위원회에 부정적인 일부 학생을 제외하면 대다수 학생은 위원회에 호의적인 입장이었습니다. 정치교육에 관련된 사항에 대한 위원회의 견해를 전달하였고, 긍정적인 의견을 받았습니다. 연합회는 연희전문학교와 보성전문학교 이 두 학교 학생을 중심으로 서울 내의 대부분의 학교 학생들이 가담한 상태입니다. 물론 많은 학생이 이미 대한군으로 자원입대한 상황이라 지청천 대한군 총사령관의 협조를 얻어 자원입대한 학생들의 의견도 수렴했습니다. 전후에 이루어질 정치교육의 필요성에 대해서는 모두 동의했고, 대일 전선 형성에 대한 국민교육은 입대하지 않은 학생들을 중심으로 하기로 결정했습니다. 그리고 대일 전선 형성에 대한 국민교육과 국민 정치교육은 내무위원과 논의한 결과 교육과에서 담당하기는 부적절한 부분이라는 의견이 있어서 위원회에서 논의해 다른 과로 이관하는 것이 타당하다는 결과에 도달했습니다. 이상입니다."

"다른 과라면 어디를 말하는 것인가?"

위원장이 최현배 교육과장에게 물었다.

"대외 선전과 위원회의 일을 공포하는 일은 교통부에서 주관하고 있는 것으로 알고 있습니다. 두 부분이 국민을 교육하는 것이기는 하나 학교와 학생들 교육을 중점적으로 운영하는 게 교육과의 본뜻에 맞고, 이 부분은 대외 선전을 담당하는 교통부의 제국익문사가 주관하는 것이 타당하다는 게 내무위원과 논의한 결과입니다, 위원장님."

제국익문사가 군과 치안대, 위원회 내에 각 과로 찢어진 상황이라 제국익문사라는 이름을 사용하지 않았고 교통부 내에도 제국익문사의 이름으로 분류된 과는 없었다.

다만 제국익문사의 수장이었던 독리가 교통위원으로 있었고, 그 아래 제국익문사 출신의 요원이 대부분인 정보부가 있었다.

그래서 정보부는 위원회에서 결정하거나 발생한 일 중 대외로 공포해 알려야 하는 일이 있으면 윤전기를 돌려 제국익문사의 이름으로 호외를 발행하고 있었다.

최현배 교육과장은 그 부분을 생각하고 제국익문사라는 이름을 찍어서 말했다고 보였다.

"교통위원께서는 어떻게 생각하십니까?"

위원장은 자신과 비슷한 연배의 독리에게 존댓말을 써서 물었다.

독리가 위원장이나 부위원장보다 낮은 직급이었지만, 나이가 있고 나의 최측근이어서인지 위원장이나 부위원장을 비롯한 모든 위원회 사람들이 그를 존중해서 말했다.

독리도 제국익문사 출신으로 자신에 밑에 있었던 사람들을 제외하고는 하대하지 않았다.

"지금의 정보부 인원으로는 그 일까지 감당하기는 불가합니다. 제국익문사의 이름으로 이뤄지는 방송과 호외는 제국익문사의 이름으로 발행되지만, 제국익문사는 실질적으로는 해체된 상태입니다. 또한 그 일을 정보부가 모두 실행하고 있지 않고, 치안대와 정보부를 비롯해 그때 여유가 있는 사람들이 투입되어 이뤄지고 있습니다. 이 부분을 전담하기에는 부적절합니다, 위원장님."

"음…… 그럼 이 일을 전담할 과를 신설해야겠습니다."

"공포公布를 담당할 전담 과를 신설한다면 위원장께서는 어디에서 그 일을 담당하게 하실 생각이십니까?"

부위원장이 위원장에게 물었다.

"내무부가 적당하지 않겠습니까?"

"……기존에 일은 교통부에서 주관했었으니, 각 부에서 관련된 인원을 차출해 교통부 산하에 부서를 신설하는 것은 어떻습니까?"

부위원장, 몽양은 백범 계열의 사람이 위원으로 있는 내무부로 공보부가 가는 게 부담스러운 듯 독리가 위원인 교통부를 조심스럽게 말했다.

몽양과 가장 친밀한 사람이 위원으로 있는 재정부가 담당하기는 맞지 않는다고 생각해서 교통부를 지목한 것으로 보였다.

"……전하께서는 어떻게 생각하십니까, 전하?"

백범은 잠시 생각하더니 내게 물어 왔다.

그도 몽양이 어떤 부분 때문에 교통부를 지목했는지 잘 아는 듯 보였고, 어쩌면 백범 자신도 그 부분을 생각해서 내무부를 지목한 것일 수도 있었지만, 백범의 표정에서는 어떤 내색도 읽을 수 없었다.

"글쎄요……. 공보부를 신설하는 게 가장 좋은 방안으로 보이는데 지금 위원회 사정으로는 그건 힘들겠고……. 그렇다고 내무부나 교통부 어느 쪽으로 넘기기에도 공보 업무는 모든 과의 일을 종합해야 하니, 적합하지 않아 보이네요. 내 생각에는 위원회 직할로 공보과를 신설해 운영하는 게 가장 좋아 보이네요. 어떤가요?"

지금의 위원회는 백범과 몽양 두 사람이 서로를 적절하게 균형을 이루는 형태였는데, 하나의 부를 더 신설하게 되면 그 견제가 무너질 수 있다.

직할로 권한이 작은 과를 신설하는 게 그 균형을 무너뜨리지 않는 상태에서 최선의 방안이라 생각했다.

"좋은 의견이십니다, 전하."

"저도 같은 생각입니다, 전하."

다행히 내 의견이 나쁘지 않았는지 두 사람이 웃으며 대답했다.

"그럼 그 과를 지휘할 사람은 두 분의 상의하셔서 결정해 주세요."

"그간 공보 일은 교통위원이 주관하여 진행하였으니 교통위원의 추천을 받아 부위원장님과 논의해 결정하겠습니다, 전하."

몽양이 말하기 전에 백범이 나서며 말했다.

백범은 몽양이 무엇을 걱정하는지 잘 알고 있다는 듯 중재 역으로 교통위원을 끌어들여서 몽양의 걱정을 덜어 주었다.

10장

"전하, 혹시 이후에 일정이 있으십니까, 전하?"

조간 회의를 마치고 내 사무실로 돌아왔을 때 법무위원인 성재가 찾아와서 물었다.

"아뇨, 약속된 일정은 없어요."

"그럼 소개해 드릴 사람이 있습니다. 괜찮으시다면 소개해 드려도 되겠습니까, 전하?"

"괜찮아요."

법무위원을 맡고 나서 누구를 내게 소개하는 경우는 대부분 법무부에서 일하기 위해 영입된 사람이었다.

"법무부에 좋은 분이 오셨나요?"

"아닙니다. 위원회로 영입된 분은 아니고, 전하께 꼭 소개해 드리고 싶은 분입니다, 전하."

성재는 약간의 미소를 띠면서 대답했다.

"누군지 궁금하네요. 어디서 뵈면 되나요?"

"위원장과 부위원장에게도 소개를 해야 하는 분이어서 따로 자리를 마련했습니다. 안내하겠습니다, 전하."

성재는 그렇게 말하고 나서 먼저 앞장섰다.

내가 그를 따라 사무실을 나가자 독리가 사무실 앞에서 기다리고 있다가 따라붙었다.

"무슨 일이 있나요? 소개시켜 준다는 사람 때문인가요?"

평소에 조간 회의가 끝나고, 내게 곧바로 오는 경우는 내게 전해야 하는 일이 있을 때였기에 혹시 성재가 내게 소개하는 사람에 관한 것인가 해서 물었다.

"특별히 보고드릴 일은 없습니다, 전하. 사실 지금 만날 두 명은 제가 직접 서울로 오게 도운 사람이라 잘 알고 있습니다. 법무위원이 제게도 만남의 자리에 참석해 주길 요청해 전하를 기다렸습니다, 전하."

"누구일지 궁금하네요. 어서 가죠."

독리에게 누군지 물어보면 분명 대답하겠지만, 독리도 성재가 말하지 않아서인지 굳이 누구인지는 말하지 않았고, 나도 굳이 묻지 않고 앞서가는 성재를 따라갔다.

대회의실과 같은 층에 있는 소회의실로 나를 안내하고, 성재는 소회의실로 들어오지 않고 그 옆방으로 갔다.

소회의실로 들어가자 백범과 몽양 두 사람만 기다리고 있었다가 나를 보고 인사했다.

"두 분도 저처럼 누군지 모르고 오셨나 보네요."

"성재가 누군지는 꼭꼭 숨긴 상태로 좋은 분이라고 해서 왔습니다, 전하."

"위원회에 도움이 되는 분이고, 기쁨을 주기 위한 것일 테니 잠시 기다려야지 않겠습니까, 전하."

백범과 몽양이 차례로 웃으면서 말했다.

"두 분에게는 정말 고마운 분들일 것입니다. 대한국도 지금 오실 분들에게 큰 빚이 있습니다, 전하."

누가 오는지 알고 있는 독리가 웃으면서 말했다.

"기대되는군요."

잠시 자리에 앉아서 기다리자 성재가 노크 소리와 함께 방 안으로 들어왔다.

성재를 따라 두 명의 사람들이 함께 들어왔는데, 회색빛이 도는 한복을 입은 중년인과 노인이었다.

"이게 누구인가! 동고東皐!"

두 사람이 들어오자 백범은 얼굴에 놀람과 반가움이 스치면서 노인에게 다가가 그와 기쁜 몸짓으로 인사를 나눴다.

"전하, 고성 이씨 18대 종손 이준형이 전하께 문후를 여쭈옵니다, 전하."

동고라 불린 사람은 백범과 아주 짧은 인사 후 나를 발견하고는 급히 내게로 와서 절을 올리고 엎드린 상태로 말했다.

"반갑습니다. 이우입니다. 너무 과한 예는 제가 민망하니 안 하셔도 괜찮습니다."

성재나 독리가 나를 봤을 때만큼이나 예를 보이는 이준형에게 웃으며 대답했다.

내가 계속해서 만류하고 바꿔서 지금 위원회 사람들은 내게 절도 있는 경례나 고개를 숙이는 정도로 예를 했었기에 이 정도로 과거 예법에 맞춰서 인사를 하는 사람은 정말 오래간만이었다.

"아닙니다. 군신 간에는 당연한 예입니다, 전하."

엎드린 그 상태로 대답하는 그는 아직 내가 대한제국의 황제라도 되는 것처럼 엎드린 자세에서 전혀 일어날 생각이 없어 보였다.

"세상이 변했습니다. 일어나세요. 이만하면 예는 넘치도록 차리셨어요. 이 이상하시면 제 기분이 좋지 않을 것 같습니다."

"그만 일어나게, 이 친구야. 전하는 우리 생각보다 훨씬 크신 분이야."

아무리 말려 봐야 변하지 않을 것 같아서 조금 강한 목소리로 말했고, 내 말이 끝나자 백범도 직접 엎드린 그에 옆으로 가서 한쪽 어깨에 손을 올리며 말했다.

백범의 만류에 겨우 엎드려 있던 몸을 일으켰다.

"전하, 이쪽은 안동에서 온 여현 김용환입니다, 전하."

"전하, 의성 김씨 학봉종가 종손 김용환이 전하께 문후를 여쭈옵니다, 전하."

이준형에게 내가 과한 예를 하지 말라고 말해서인지 김용환이라 소개한 중년인은 고개를 숙여 인사하는 것으로 예를 표했다.

"반갑습니다. 이우입니다."

두 사람은 정확히는 모르나 그들의 소개만으로도 유서 깊은 집안의 두 종손으로 보였다.

이 시기에 독리의 도움을 받아서 서울로 모셔 왔다는 게 무엇을 뜻하는지 아직 몰라서 가볍게 인사했다.

모두 서 있어서 내가 먼저 자리를 청했고, 자신들은 앉을 수 없다고 해서 실랑이가 잠시 있었지만 결국 소회의실 테이블에 함께 둘러앉았다.

"위원장님과 부위원장님은 알고 계실 테지만, 여기 동구東邱 이준형은 제 형님인 우당 이회영과 함께 모든 재산을 투자해 신흥무관학교를 설립하셨고, 임시정부 국무령을 지낸 석주石洲 이상룡李相龍의 아들입니다. 그리고 여기 여현 김용환은 임시정부를 꾸려 갈 수 있게 엄청난 도움을 준 친구입니다. 이 친구가 보내온 돈으로 어려운 시절의 임시정부가 유지될 수 있었다고 해도 과언이 아닙니다, 전하."

성재는 자랑스러운 표정으로 내게 두 사람을 소개했다.

두 사람은 성재가 자신들을 호명해 설명할 때 멋쩍게 자리에서 일어나 내게 고개를 다시 숙였다.

"대한국이 큰 은혜를 입은 분들이네요."

"그렇습니다, 전하."

"성재, 혹시…… 안동에서 보내왔던 돈이 이분의 것인가?"

백범은 뭔가 집히는 게 있는지 내 말이 끝나자 김용환을 조심스럽게 지목하며 물었다.

"그렇습니다. 죽은 임채필을 통해 매번 큰돈을 보내왔던 분입니다. 본인은 파락호라는 소리를 들으면서 가족에게조차 숨기고 일제의 눈을 피해 임시정부를 위해 열과 성을 다해 준 친구입니다, 전하."

성재는 백범의 질문에 대답한 이후 내게도 덧붙여서 설명했다.

파락호라는 말을 듣자마자 파락호는 일제 치하에서 가장 좋은 방패막이었다는 아버지 의친왕과 나눴던 대화가 떠올랐다.

"파락호라……. 제 아버지가 떠오르네요."

파락호의 가면을 쓰고, 이 나라를 위해 노력한 사람이 많았을 것이라는 의친왕의 말이 귓가에 맴돌았다.

"의친왕 전하께는 큰 은혜를 입었습니다. 제가 임시정부로 돈을 보낼 수 있었던 것도 의친왕 전하의 도움이 있었기에 가능했습니다, 전하."

"아버지가요?"

"의용단에 몸담았을 때 의친왕 전하와 인연을 맺었습니다. 그 후로 제가 곤란한 상황일 때 여러 번 도움을 주셨고, 이곳에 성재와 연결될 수 있게 도와주신 분도 의친왕 전하셨습니다, 전하."

"아버지는 언제나 제가 부족하다는 것을 일깨워 주시네요."

분명 대외적으로는 거의 활동한 게 없는 분이였는데, 가려진 장막 하나를 젖히자 너무나도 많은 사람과 교류했고, 대한제국의 독립을 위해서 전면에 나서지는 않지만 장막 뒤에서 엄청난 노력을 했던 사람이었음을 다시 일깨워 주었다.

"전하의 능력으로 이렇게 한반도를 수복했습니다. 의친왕 전하도 하지 못하셨던 일입니다, 전하."

김용환이 당치도 않는 말이란 듯 빠르게 말했고, 다른 참석자들도 김용환의 말에 조용히 동조했다.

"사실 전하께 이 두 사람을 조금 더 일찍 소개하려 했으나, 두 사람이 극구 거절해서 설득하는 데 시간이 걸려 이제야 소개해 드렸습니다, 전하."

성재가 송구스럽게 말했다.

"아니에요. 이르든 늦든 이렇게 만날 수 있었으면 됐지요."

"거절하셨다고?"

내 말이 끝나자 몽양이 두 사람을 바라보며 물었다.

"무슨 포상이나 대가를 바라고 한 일이 아니고, 선비로서 당연히 해야 하는 군신 간의 의義를 지켰을 뿐입니다. 그래서 여현과 저는 굳이 위원회에 올 이유는 없다고 생각해 거절했었습니다."

이준형이 몽양의 질문에 웃으며 대답했다.

"두 분 다 대단한 일을 하셨어요."

"대단한 일입니다. 대한에 충성했던 많은 사람이 대한에 등을 돌리고 또 비수를 꽂았는데, 두 분 같은 분들이 있어서 임시정부가 유지되고 지금에 이르렀습니다. 이는 널리 알리고 대대손손 알 수 있게 해야 합니다."

내 말에 백범이 웃으면서 덧붙였다.

백범은 처음 이준형을 반갑게 맞이했는데, 이제는 그보다 더 밝은 표정으로 두 사람을 마치 생명의 은인을 대하는 듯 정중하게 말했다.

"백범의 말씀대로 이 전쟁이 끝나고 나면 당연히 두 분께는 대한국에서 감사를 표할 것이에요."

감사를 표한다고 표현했지만 두 사람은 분명 훈장을 받을 것이었다.

하지만 자신들이 의로써 행했다고 말하는 사람에게 직접 훈장을 거론하는 건 오히려 두 사람에게 결례라 생각해 에둘러 말했다.

"전하의 성심만으로 충분합니다, 전하."

이준형과 김용환이 자리에서 일어나 고개를 숙였고, 이준형이 대표로 내게 말했다.

"그게 아니더라도 두 분께서 안동에 급한 일이 없으시다면 두 분도 위원회에 한 손 보태 주실 수 없으시겠습니까?"

두 사람은 임시정부를, 또 대한국을 위해서 자신의 모든 것을 던져 노력해 준 사람들이었고, 또 명문가의 종손으로 독립운동에 모든 것을 바쳤다는 것으로도 위원회로 들어올 자격은 충분하다고 생각되어서 물었다.

"말씀은 감격스러우나 미천한 능력이라 위원회에 제가 필요할까 저어됩니다, 전하."

"두 분 같으신 분들이 위원회에 오셔야지요. 일신상의 능력이 아무리 뛰어나다 한들 대한제국의 최고 관료라는 사람 중에도 일본에 충성하고 호의호식한 사람이 여럿입니다. 두 분의 마음과 나라를 위해 하신 행동은 그 어떤 능력보다 뛰어나고 값진 것이에요. 안 그런가요?"

위원회에서 일할 사람을 구할 때 가장 첫 관문이자 가장 큰 관문이 민족 반역 행위였다. 그 부분에 자유로운 두 사람이라 위원회에 들어오면 어떤 일을 하더라도 분명 도움이 될 것이라 생각해 설득했다.

"그 어떤 뛰어난 능력을 갖추고 있다 해도 두 분의 우국충

정우國衷情만 하겠습니까? 전하의 말씀대로 위원회로 들어오셔서 일해 주시면 안 되겠습니까?"

몽양이 내 말에 동의한다는 듯 말했지만 두 사람은 내키지 않는 듯 조심스럽게 거절했고, 그 뒤로 백범과 성재도 나서서 설득하고 나서야 고향에 가서 가족에게 알려 주고 다시 서울로 돌아오겠다는 대답을 들을 수 있었다.

다음 권으로 이어집니다

운현궁의
주인

200평 초대형 24시 만화방

- 수면실 (침대식)
- 사우나석
- 다인석
- 샤워실
- 세탁기
- 신간100%

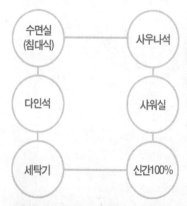

📖 수원 인계동점

- 나혜석거리
- 농협
- CGV
- 수원시청역 ⑧
- 무비 사거리
- 소주한잔 건물 24시 만화방 3F
- 홍콩반점
- 홈플러스

TEL : 031-226-3771
수원시 팔달구 인계동 1041-11 3층 24시 만화방

📖 의정부점

- 의정부역 ④ ⑤
- 흥선지하도
- ◀서울방향
- 진성약국
- 던킨도넛츠
- 24시 만화방 3F

TEL : 031-856-3971
경기도 의정부시 의정부동 197-13 3층

📖 주안점

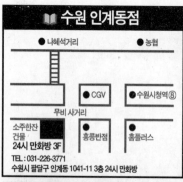

- 주안 남부역
- ◀제물포
- 민병철 어학원
- 간석동▶
- 25시 만화방 6F

TEL : 032-426-2871
인천광역시 주안남부역 지하상가 4번 출구 GS25시 건물 6층

📖 안양점

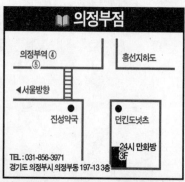

- 안양역
- 육교
- ◀관악역
- 명학역▶
- 농협
- 24시 만화방 2F 안양일번가

TEL : 031-466-3771
경기도 안양시 안양동 674-163 죠이당구장건물 2층

ROK MEDIA
로크미디어

수어재 대체역사 소설

ROK HISTORY FANTASY

수색 조선

꼴통들이 회귀하면 뭔가 다르다!
현대로 돌아가는 김에 세계 정복까지?
『수색 조선』

뜬금없는 오행진의 발동에 휘말려
조선 시대에 떨어진 수색대
현대로 돌아가려고 발품을 팔아 보니
21년 뒤에나 가능하다는데?

"기다린다.
기다려서, 우릴 이렇게 만든 놈들을 조져 버린다!"

주술사가 태어나기까지 앞으로 21년,
조선에 대변혁의 바람이 몰아친다!